NOTES TO MYSELF
by Hugh Prather

ぼく自身のノオト

ヒュー・プレイサー 著
きたやまおさむ 訳

創元社

NOTES TO MYSELF
by Hugh Prather

本書は、H・プレイサー著、北山修訳『ぼく自身のノオト』(人文書院、1979年)の本文を組み直し、新装版としたものです。

目次

装画　中田いくみ
装幀・組版　五十嵐哲夫

ぼく自身のノオト

ぼくが……
まだ見ぬ未来のことは考えずに
目の前の青々とした草原やビルディングをながめて
周囲の人たちに腕を差しのべ
風の薫りをかぎわけて
形式とか自分でつくりあげた義務などというものを無視して
屋根にあたる雨音に耳をかたむけながら
彼女をこの腕のなかに抱きしめてやりさえすれば
……まだ遅すぎるなんてことはないのに。

彼女は朝がくる前に死んでしまうかもしれない。ぼくは四年間ずっと彼女と一緒にすごしてきた。四年もの間だ。もし彼女のいない日がやってきたとしても、だまされたとは感じないだろう。ぼくなんか、一分たりとも彼女にふさわしい男ではなかった。神様にはわかっていること。

そして、ぼくも朝を待たずに死んでしまうかもしれない。

ぼくがやらねばならないことは、今、死んでしまうこと。死の正当性と、人生の不当さとをぼくは受けいれなければならない。ぼくは結構な人生を送ってきた――多くの人たちよりも長く、大部分の人たちよりもましな人生を。トニーなんか二十歳《はたち》で死んでしまったのに、ぼくは三十二年も生きてきた。ぼくには、これ以上一日だって要求することなどできない。ぼくは、生まれてきたことに値するようなことをしただろうか。ぼくが生まれてきたことはひとつの贈り物だったんだ。ぼくはぼくである――これは奇跡だ。ぼくには、一分たりとも要求する権利はなかった。たったの一時間しか与えられない者もいる。だのに、ぼくには三十二年もあった。

　自分の死ぬ時を選ぶことのできる者はほとんどいない。ぼくは、今、死ぬ気になることさえできる。その瞬間、ぼくは生きることにしがみつこうとする「権利」を放棄する。そして、彼女の人生をふりまわそうとするぼくの「権利」も放棄するのだ。

でも、もう朝になってしまった。このぼくに、さらにもう一日が与えられたのだ。聞いたり、読んだり、臭いを感じたり、歩いたり、愛したり、喜んだりするためのもう一日が。

ぼくは、死んでしまった人たちのことを考える。

何か他のことをやっていたいというのではなく、今日こそぼくは自分のやっていたいと思うことをやろう。自分で自分を売りこむために行動したくない。自分がイイコになろうとして、他人のためにいいことなんかしたくない。金儲けのために働くなんていやだ。働くために働きたい。

今日、ぼくは、何かのために生きたくはない。ぼくは、ただ生きてみたいのだ。

ぼくの祈りはこうだ。ぼくは、なろうとするぼくになりたいし、やろうとすることをやりたい。

ぼくがやりたくてやらねばならないこととは、自分自身と調和を保つこと。ぼくの望みは、自分のやることをやり、自分のやらないことをやってみようなどと思ったりしないこと。やることをやるだけだ。自分自身と歩調をそろえていくだけ、なろうとするぼくになるだけなのだ。

ぼくはなるようになるだろう——でも、ぼくは、今すでにぼく自身なんだ。そして、そこにぼくは自分のエネルギーを費やすのだ。今日のぼくであるために、ぼくのすべてのエネルギーが必要。今日、ぼくは「こうあるべき」自分自身なんかではなく、このままの自分自身のリズムにあわせて仕事をしていこう。そして、自分自身のリズムにあわせて仕事をするために、ぼくは心から自分自身とぴったり調子をあわせていかねばならない。

神はモーセに御自身の名を明かされた。こう言われた、「我は有《あ》りて在《あ》る者なり」。このぼくだってそうだ。

ぼくにはわかっている、ぼくの人生をよぎるこの不安とは、「こうあるべき」自分と、ありのままの自分との戦いなんだ。

不安は、未来を案じてではなく、未来を自分の思いどおりに動かしたいと望むからおこる。それはぼくが「こうなりたい」と内心ひそかに思う時にきまってはじまるようだ。それは、思いどおりの自分になりたいというぼくの欲望と、そんなことは無理だと知っているぼくの心との戦いである。「ぼくはなるようにしかならない」——そのいったいどこに不安があるのか？　自分でかかげたばかりの高い理想にまで到達できないかもしれないと感じる時、不安がはじまる。ぼくが死をもっとも恐れるのは、他人が期待しているぼくの姿から、ぼくがはみだしてしまいそうになる時である。その時、死が、はみだしかけたぼくをぼく自身から刈りとろうとして嚇かすのだ。というのも、「ぼく自身」はまだまだ確かなものじゃあないからなんだ。

ぼくには、すべての時間に「自分の足跡をのこす」ことなどできない——ふたつの考えは、お互いに相容れない。「変わらぬ変化」などというのは、文字どおり矛盾した言葉だ。物事の意味はいつまでも同じではない。ぼくだってそうなんだ。何事にも「絶対的な」意味などありはしない。どんなものでも、今日意味したことが明日になれば失われてしまう。意味とは、その時によって変化するもの。だから、私にも意味がいっぱいつまっている。ぼくは、今日だれかにとって大事な存在であれば、それだけで十分。今のぼくにどこか違ったところがあるとすれば、それだけで十分だ。

「ぼくは生きている間に何をしたいのだろう」、「ぼくの目的は何なのだろう」。生きていくにはそれなりの理由があり、人生には目標がある。ぼくもいちおうそう思っている。でも、ひょっとしたら、ぼくたちは歴史と同様、ひとつの方向にむかって進んでいないのかもしれない。ぼくが何かにむかっていると思っているからこそ、自分の過去の行いを正当化したくなったり、これからはこうしようとか、やめようかなどと思いたくなるのだ。車を運転したり、列に並んで待ったり、用足しに走りまわったりなどのことをしたがらないのは、心の奥でぼくには前もって定められた運命があると信じているから。そのようなつまらない仕事は、ぼくが死ぬまでにしなければならない「大事な仕事」にとって何の役にもたたない時間の無駄づかいだろう。

ぼくにとっての生き方とは、生き方をもたないこと。ぼくの唯一つの習慣とは、何も習慣をもたないことであるはず。前にこうしたからこそ、今日はもうくりかえさないのさ。

時間とは変化である、だから、ぼくが何か慣れないことをする時は、時計の時間よりも長い時間を体験することになる。慣れてしまうと、変化がなくなり、時間が短くなる。だから教義や型にはまったやり方を避けることによって、ぼくは人生をもっと長く生きることができる。

告白することは、しばしば変化を避けることである。告白してしまえば、それを変える責任を負わないでもすむ。「白状すると、ぼくの手には負えないんだ」。そして、その重荷をだれかに肩代わりさせてしまう。「お聞きのとおりだ。では君ならどうするかな」と言って。

なぜぼくは、ぼくの一日をその日のうちにどれだけのことを「やりとげた」かによって評価するのだろう。

敷物の上にねそべって、綿くずをつまんでいるだけで楽しいと思える心境に達したら、もう高望みなどしなくなるだろう。

ぼくはね、猫が眠れるようにとこの腕でささえてやるんだ。これ以上に何を望もう。

この本を書いたことを数人の友だちに話した。ていねいだが気のない返事がかえってきた。後で本が出版される、と彼らに言えるはこびとなった。ほとんどだれもが、「君には感心するよ」という言い方をした。彼らが感心しているのは結果であって行為ではない。彼らが評価をくだす時、ぼくの過去の行動をふりかえってみる。ぼくの行為がその結果と結びついていてはじめてみんなは納得する。しかし、ぼくの行為は今、行われているのだ。だから、結果を知ることはできない。ぼくが自分の行為に与える意味は、ぼくにとってのひとつの可能性でしかない。そしてこの意味はいつも、「ぼくは自分自身の一部分に反応しているだけで、全体に対してではない」というところに由来しているのだ。

ぼくは実験室のような世界に生きているのではない。自分の行動がどのような結果をもたらすのかを、計算することはできないのだ。人生を結果のためにばかり生きていると、挫折をくりかえすことによっていつ何時死が自分の生きてきたことを無駄にしてしまうかわからない、という恐怖を自分に押しつけてしまう。ぼくが確実につかみとることのできる唯一つの手ごたえとは、ぼくの行動そのものにあり、行動から生まれてくるものではない。手ごたえの良さは、ぼくの反応の強さと、自分がどれほどのめりこんで行動しているか、によってきまる。

結果とは予測できないものなんだから、ぼくの努力が失敗につながるとはかぎらないのだ。その上、失敗でさえも、ぼくが予想したとおりの形をとりはしない。ぼくの将来に対してとるべきもっとも現実的な態度とは、「どうなるのか面白そうだから、見てやろう」というもの。動揺、落胆、退屈などは、わからないはずの結果を予測できると思いこむからおこるのさ。

ぼくがある目的にむかっているとしても、今のぼくにとってはそこまでの過程がすべて。七色の虹はその彼方にいるかもしれないという黄金の鳥よりも美しい。なぜなら、虹は今そこに見えるから。まだ見ぬ鳥は、ぼくの思っていたとおりのものだったためしがない。

書いたり、理論をたてたり、彫刻をやったり、教えたり、ぼくにはいろいろな面があり、それぞれ違うことをしたいと望んでいる……自分にはこれひとつの役割しかない、とか、自分は一生をこれひとつにうちこんで生きるんだ、と決めてしまうことは、ぼくがもっている他のたくさんの面を抹殺してしまうことになる。それよりも、ぼくは、この今を、今のみを生きているのだから、この瞬間にぼくがいちばんしたいと思っていることをするようにしよう、昨日ぼくが、ぼくのためにはこうするのがいちばん良い、と決めたことではなくて。

　ぼくはよく人に言う、「ぼくはいつもこうするんだ」とか、「ぼくは絶対にこうはしないよ」とか、まるでぼくの個性が、そんなつまらない一貫性につらぬかれているかのように話す。

「今度こそぼくは……」「これからはぼくは……」――なぜぼくは、今日の自分が明日の自分より賢い、などと思うのだろう。

退屈は、「ああ、退屈だ――きっと何か他にぼくがしたいことがあるに違いない」と思わせるから、ぼくにとっては便利でもある。この場合、退屈は、ぼくを新たな行為や新しい考えに導いて、ぼくの創造性をひきだす役目を果している。

日中に何度も自分の気持ちをたずねて、我に返りながら、ぼくは今本当にしたいと思っていることをしているのか、を確かめてみた日ほど、その日の終りに、無駄に時をすごしてしまった、という思いをしなくてすむ。

最近、進むべき方向を決めるために日に何度も、自分のその時までの行動はどうか、と心のなかをざっと見わたしている自分の存在に気がついた。この心の動きは、ほとんど無意識といってもよいほど自然で、天賦のものであるような感じさえする。ぼくの行動がある方向にむかっていないと、ぼくは少しふさぎこんだり、元気をなくしたり、とにかく具合が悪くなるのさ。もしもその時、何かの理由で「良い」方向に進めないと感じると、ぼくは自分のなかに破壊的な方向に進みたがっている欲望を感じてしまう。たとえば、どうなってもいい、とにかくやってしまえ、というような欲望。その方向がどこをさしていようと、進むべき方向があるということは、八方ふさがりになるよりは、ましにきまっている。もしかすると、これが、暴力、破壊的な恋愛、アル中などの原因のひとつなのかもしれない。

「目標」がとやかくいわれているが、本当に必要とされているのは方向であるらしい——どうにかなるさ、という感覚を与えてくれるような方向づけが必要らしい。

人生をふりかえってみて、ぼくがいつもひじょうに強く心に感じてきたのは、今の自分以上の人間になりたい、という欲望である——このままの自分ではいやだという感情——自分の領域を広げたい——もっと何かをしたい、もっと学びたい、もっと表現したい——成長したい、進歩したい、達成したい、発展したい——という欲望である。こいつが内から突きあげてくるのは、やりたい、なりたい、あるいは、手に入れたい、と望んでいる何かが目の前にあるからなんだ、とぼくは解釈したものだ。そして、それをさがすために使ったぼくの時間はあまりに大きい。だがぼくにはやっとわかった、このぼくの内なる力は、単にある仲間とか、ある職業、ある宗教ではなく、快楽、権力、意義でもない、何かそれ以上のものをさがし求めているのだ、と。より以上のものはぼくの内部から生まれるもので、そいつをさぐりだそうとしているのだ。いや、こう言った方が良いのかもしれない。ありがたいことにそいつは、ぼくの内部からほとばしりでるはずなのだ。

過去はもう過ぎさってしまったし、未来はまだやってこない――だからぼくの欲望は現在とともにあらねばならない。「もう少し目方を減らしたいなあ」と思うのは、自分の実際の姿とぼくが頭に描いているそれとが食い違っているために、たった今、不満を感じているということなんだ。私の欲望が未来の何かに望みをかけていると思うだけで、今すぐそれについて何とかしなければならないという責任をひきうけなくなる。いや、もっと困ることには、ぼくは自分のこれからの日々を設計してしまうのだ。

未来にかける望みだと思っているものには、ぼく自身へのないものねだりである場合が多い。「ぼくは、自分の予知能力をたよりにして、現実とは何かを解明してみたい」――これは、ぼくが自分自身でありたいという望みなのだろうか。それとも、勝手に心に描いている自分自身のイメージを実現させたいという望みなのだろうか。ぼくは、現在のぼくでしかない。こうでありたい、とか、こうでなくては、というのは、未来がやってきてからさがしてみるべきことなのだ。

完全主義とは、ゆっくりと作法どおりに死んでいくことである。もし、すべてが望みどおりに、計画したとおりにはこぶとしたら、ぼくは何も新しいことを経験しなくなってしまう。ぼくの人生はひからびた成功のくりかえしでしかなくなってしまう。何か間違いをしでかした時にこそ、ぼくは何か思いがけないことを経験しているのだ。

間違いをおかすと、まるで自分自身を裏切ってしまったかのように感じることがぼくにはある。間違いを恐れるのは、どうやら、ぼくが本来完全無欠で、よく気をつけてさえいれば天国から足をふみはずしてしまうようなことはない、と内心ひそかに思っているかららしい。しかし、「間違い」のおかげでぼくは自分の「あり方」を知り、やろうと思っていることを考えなおし、事実に従って行動していないことに気がつく。自分の間違いの忠告に耳をかたむけた時、ぼくははじめて成長するのだ。

自分が間違っていることがわかっても、ぼくには何とかそのままやりつづけたいと思う別な面があって、やりつづけるためのうまい口実をさがしはじめたりする。

ひどくみじめな経験をするのは、いつもきまって、「これはぼくにとってためになるから」という理由で何かをした時だ。

やっと自分の生き方がわかってきた、と思ったとたんに、目の前が変化して、ぼくはまたもとのふりだしに戻ってしまう。世の中が変われば変わるほど、ぼく自身は変わらないでいる。ぼくの人生は大人になったり子供になったりの皮肉な堂々めぐりにも思えるのだが、ぼくが進歩していると感じるのは一種の錯覚で、目の前の事柄はこれからもずっと変わることはなく、やっと少しそれをうまくさばけるようになった、とぼくが思いこんでいるにすぎない。ここに道があるだけで、目的に通じているはずの道など、さがしてもありはしない。ぼく自身がその道なのだ。すべてが自分自身からはじまった。そして、すべてが終わった時にぼくに残されているものも自分だけなのさ。

最近何かうまいことを思いついた、とか、うまくやった、とかで得意になっている人と話すことがあるが、今の彼にとっては人生には何も心配事がないように感じられるかもしれない。だがぼくにはとても信じられない、みんなが、そのにこやかな顔つき、おだやかな話しぶりから想像されるような平穏無事な人生を生きているのだとは、ぼくにはとても信じられない。ぼくにとっても一日として同じ日がないのだから、みんなにとっても、人生は未解決の問題、はっきりしない勝利や敗北などで混とんとしているのではないだろうか——心安まる時などはまずないのではないか。どうもぼくはその混乱からぬけだせないでいる。ぼくの今日を生きる戦いは確かにやりがいがある。しかし苦しい戦いであり、しかも、それは、ぼくにとって終わることのない戦いなのだ。

ぼくたちがもっともおかしやすい過ちは、多分この「正常であること」を毎日のようにみせびらかすことであろう。いろんな人たちと交わす数知れない軽い会話を通じてぼくが受ける印象は、ほとんどの人が悩みごとなんかもっていない、ということである。ぐちをこぼす人でさえ、責任のない被害者のような口ぶりで話す。混乱しているのは彼自身なのだとは言いたがらない。彼はちゃんとやっていて、悪いのはまわりなんだ、と。

「あいつにかまうなよ、あいつには問題があるんだ」という台詞《せりふ》が、個人の悩みに対する世間一般の態度を端的にあらわしている。問題があるということは、異常で避けるべき欠点をもっているのとおんなじことなのだ。いつも正常であるように見せかけている連中に何度も接していると、自分にも彼らのような人生を送る資格がある、などと思いはじめた。そして現在に不満を感じ、自分の悩みは身にふりかかった災難であると思うようになった。その上、自分に悩みごとがあるのを不自然なことのように思いこんで、ぼくもまた心配ごとがないようなふりをよそおうようになってしまった。

ぼくは、かりそめの結論から結論へと、これこそ最終的なものだと信じながら揺れ動いている。ぼくにはっきりとわかっていることは唯一つ、ぼくが混乱しているということ。

物事の「実体」をわかろうとすることに、ぼくは今までに何と多くのエネルギーを費やしてしまったのだろう。いつだって、物事に実体などありはしなかったのに、ばかな話だ。

ある状況についてのぼくの解釈は、今日の昼間、そのまっただなかにいた時よりも、今こうして寝床に入っている時の方がはるかに正しい、などと果していえるだろうか。

人間生活のように相対的なものには、絶対的なものなどありはしない。

考えるということには、ある感情を避けたり、自分がおかれた立場を見ないようにするための、一種の自衛的機能の役割を果している場合があるようだ。人とつきあう時にとくにそうなりがちで、ぼくは頭だけで考えてしまう。

ぼくのいけないのは、人生を生きようとするのでなく、分析しようとしていること。

理論は、あくまでも理論であって、現実とは違う。理論は、かつて、ぼくにとって現実の一部分であった思想を、思いださせてくれるにすぎない。発言とか、いわゆる「事実」とかは、部分的なものの強調——ひとつの物の見方である。悪くすると、近視眼的になりかねないのだ。名前だって、ひとつの物の見方である。ある現実について何かを述べるには、それに関してやはり本当である他のいろいろな事柄を、はぶいてしまわなければならない。仮に、ある現実について、本当であることは残らず言えたとして、現実をとらえたことにはならない。ぼくがとらえたのは、ただの言葉にしかすぎないのだ。実際、現実というものは、ぼくがそれについてこう話している間にも、変わってしまうのである。

ぼくが、名目とか、事実とか、理論なんかに物足りなさを感じる時、それとも、現実の方がかけはなれたものになってしまう時、もし次の新しい物の見方をもてなかったとしたら、ぼくは死んだも同然。

ぼくは、現実をこの手でささえるために、何とかしなければならない、とあせってばかりいる。今、ビルとリーがここに来ている――ただ会話が進むのにまかせていればいいのだ。あせっちゃならない。しがみついちゃあいけない。ゆったりとくつろいで、真実が生まれてくるのを待てばいい。

あまり一生懸命にやると、自分の視野をせばめて好機をのがしてしまう。しがみついていては、未知のものから何かを受けとることはできない。この目で見るまでは、ぼくにとって何もまだ存在していないのだ。ある感情をいだくことを自分でどうすることもできないが、それに気づくことによって、ぼくの欲求は目先のことにふりまわされないですむ。

雄弁とは、時には詩的で、時には感動的だが、つねに誇張があり、そしてつねにひとりよがりでもある。

現実よりも、むしろ言葉をたよりにしている人たちは、正直ではない。

自分を住みかにしている人は、客観的な物の考え方を信用しない。

ぼくは、客観的な物の考え方を拒否する。

ぼくは他のだれかよりも賢いわけではない。そう自覚しているぶんだけ、ぼくは他の人より賢いことになるのだろうか？

経済的にどんな余裕ができても、その余裕を越えたところに、きまっていくつかの手にはいらない物がある。収入が増すたびに、その範囲もひとまわりずつ広がるけれど、ぼくは依然として同じような物足りなさを感じている。

ぼくのかせぎがこれだけ増えて、手に入れることのできなかった物を獲得できれば、幸せだろう、と信じてはいるものの、いざ収入が増えてみると、ぼくがまだ不幸に感じていることに気がつく。なぜなら、そうやって一段高くなった収入の上に立ってみると、ぼくがまだもっていない物が、ひとそろい目にはいってしまうからなのだ。幸福とは、現在の気のもちようであって、未来の条件によってきまるものではない、ということがぼくに納得できれば、このような悩みはなくなるに違いないのだが。

満足していることに「理由」などいらない。未来がどうであれ、ぼくが、今、みちたりた気持ちでいることに変わりはない。

「君はまだましなんだよ、もっとひどい目に遭っていたかもしれないんだぞ」というような「気やすめ」の類《たぐい》は、なくてもやっていける。もっとよい目に遭っていたかもしれないし、実のところ、こうなるしか他に方法などなかったんじゃないかな。

ぼくは、最初、「自分自身でいる」ということは、単に自分の思うがままにふるまうことだと思っていた。ぼくは自分自身に、たとえばこんな質問をしてみる、「ぼくはこの人に何を言いたいのだろう」。すると、その答えが意外に否定的である場合がとても多い。自分の内面を見つめた時、まず目についたのがこの否定的な感情だったように思う。これが世間的に通用しないものだから、ぼくの目についたのかもしれないし、否定的に行動することをぼくが恐れているので、それが目ざわりだったのかもしれない。しかし、まもなくぼくは、ほとんどの否定的な感情の裏に、もっと深い、もっと肯定的な感情がひそんでいることに気がついた——ぼくに考えてみるだけのゆとりがあれば、わかることなのだ。ぼくが「自分自身でいよう」とすればするほど、「いろいろな自分」がぼくにはあることがわかった。そして、ぼくはやっと気がついた、「自分自身でいる」ということは、その時に自分が感じるものすべてを認め、自分の感情のどのレベルに反応するのかを自覚して選ぶことにより、自分の行動に責任をもつことなのだ、と。

ぼくが、自分自身でいよう、とつとめはじめたころ、ぼくには、自分の感情によって身動きができない、と感じることが時々あった。ぼくは自分の感情にとらわれて、それを変えることもできず、また、たとえ変えることができたとしても、変えようとすべきではない、と思いこんでいた。ぼくの心のなかには、不本意ながらも、多くの否定的な感情がうずまいているのが、自分でもわかっていたし、ぼくが自分自身でいようとするのなら、それらを表にだすべきだ、と思っていた。

ぼくの感情だって変化するのだし、しかも、ぼくの手で変えることだってできるのだ、ということが後になってわかった。そいつは、ぼくがその存在に気がついただけで、変化してしまうのだ。ぼくが自分の感情の存在を認めれば、それらはもっと肯定的なものになる。ぼくが表現することによって変化するのだ。たとえば、もしぼくがある人に面とむかって、彼が嫌いだ、と告げたとすると、たいていの場合、そう言ってしまったことによって、彼がそれほど嫌いではなくなる。

第二にぼくが気づいたのは、否定的な感情を口にしたくない、というのもやはり感情のひとつであり、ぼくのある一面なのだから、もし、その否定的感情を表したくないという気持ちの方が、表したい気持ちより強かったとしたら、それはもう、口にしないでいる方がもっと自分自身らしく行動していることになる、ということだ。

あるがままを受けいれる。要はそれなのだ。自分にとって今現実であることを、現実として受けいれるのだ。近ごろ、ごくささいなことにまでも、くよくよ心配するようになった――何を着ればいいかな？　――何を食べたらいけないかな？　――戸じまりはしたかな？　――これでは心配のしすぎかな？　たった今は、この不安が、ぼくにとっての現実なのだ。

事実にさからうのではなくて、事実を相手にしなければならない。

ぼくのなかにいるいじめっ子は、いつも主義や規則の名をかたって、弱い者いじめをする。ぼくのなかにいるいじめっ子のすることには、いつももっともらしい理由があって、その理由はきまって理想を追いかけている。ぼくのこの一面はいくじなしだ——いつも「正しいこと」のかげに隠れて、危害を加えたい気持ちなどはもちあわせないようなふりをしている。

危害を加えたくない、という気持ちがぼくにもあることに気がつく前に、まず、危害を加えたい、という気持ちがぼくにあることを知らなければならないように思う。

この目にうつる他人の悪事はすべて、自分でもやってしまう可能性があって、ぼくのなかにその可能性を感じとることがないかぎり、いつ何時、同じような衝動に自分もあやつられてしまうかわからない。ぼくがこれらの衝動にかられないようにするには、ぼくがそれを感じている時にそれを認めて、自分のものとして感じとり、一方でそれらに従わないようにするしかない。こうしてはじめて、ぼくは自分の見放された面をとり戻すことができる。そうしてはじめて、自分が他人のいったいどういうところを批判しているかがわかってくるのだ。

ぼくは、時々、ムースウッドをいじめてみたくなる。彼女がおびえているると、なおさらそういう気持ちになってしまう。しかし、ぼくがその気持ちに気づいて、しかもそれに目をつぶろうとはしないで、進んでその気持ちに身をゆだねれば、ぼくの気持ちはしだいに肯定的なものになり、ぼくは彼女が喜ぶ荒っぽい遊びの相手をするようになる。自分の気持ちを認識することで、彼女がぼくの心のなかで変化するらしい。ほんの少し前までは、彼女はけっとばしてやる対象でしかなかった。が今は違う、彼女はぼくの犬だ、感情だってそなわっているのだ、ぼくは彼女をいじめるようなことはしたくない。

もしその反対に、傷つけてやりたいという自分の気持ちを無視して、それが自分の一面であることを認めなかったり、また、たとえ気がついても、それにさからったりすると、その気持ちはとてもみにくいものになる。自分の気持ちにさからうのは、そういう気持ちをいだいた自分自身を非難しているわけで、ぼくの非難された部分はいじわるくやり返してやろうとするようだ。

気づいていること、深く十分に気づくことが、ぼくのエネルギーのほとばしりをつねに肯定的な方向に導いてくれるみたい。

破壊的な感情などというものはなく、破壊的な行動があるにすぎない、と考えるようになってきた。ぼくの行動は、ぼくが自分の感情を非難したり、受けいれない時にかぎって破壊的になる。もし、ぼくはそんなふうに感じたくない、と言ったとしたら、自分だってそういう感情をもっているという事実や、その感情も自分の一部であることを無視することになる。ある感情をもつこともひとつの感じ方であり、そういう感情をもちたくないというのもまた別の感じ方であって、だからといって、はじめの感情を抑えてしまうわけにはいかないのだ。ある感情に対しての自分の反応のしかたを変えることはできても、その感情からのがれるということは、自分自身からのがれられないのと同様、できることではない。ぼくがある感情を無視したら、それはその感情をほうむりさるのではなくて、自分にはそれに対して思いどおりに行動する能力がない、とあきらめてしまうのにすぎない。それを非難することで自分のことであるとは思わなくなり、それ自身が別の生き物のようになってぼくにおきまりの反応を示させようと迫ってくる。しかし、自分がこういう感情を感じていることを悟ることができれば、あまり恐れずに自分がやりたいと思っているやり方で行動できるはずなんだが。

今夜、小さな男の子がぼくの膝にとびこんできて、甘えるようにぼくの顔を見上げた。ぼくはぎこちなくて、おかしな気持ちだった。ぼくは、自分がどのように感じなければいけないか、に悩んでしまい、自分が本当はどのように感じたのかを考えてみる余裕がなかった。

愛を感じなければならないなどと心配する必要はなく、ぼくが恐れずに自分自身を見つめてさえいれば、愛を感じていることに気がついたはずなんだが。

ゲイルが病気になると、ぼくは、まずしゃくにさわり、それから怒《いか》りを覚え、やがて何も感じなくなってしまう。

ぼくがしゃくにさわるのは、彼女がぼくのできないことを要求してくるから（ぼくはものをてっとりばやくかたづけることなんかできないんだ）、彼女はぼくに貴重な時間を使わせるから、そして、こんなにめんどうな事態になったのは彼女のせいだから。

それからぼくは怒りを覚える。なぜなら、ひとが病気になったからといってしゃくにさわったりしちゃいけない、と思うからだ。

そしてぼくは、もうどうにでもなれ、とあきらめてしまい、何も感じなくなってしまう。

しかし、もし、その途中で、ぼくに自分の心のなかを見てみるだけの余裕があれば、それらの否定的な感情はうわべだけのもので、もっと深いところにはもっと肯定的な、愛情にみちた感情があることに気づくだろう。ただ、このような状況でそれらの感情とつねに接触を保つことはなかなか難しく、もしぼくが自分が実際に感じている以上に同情的にふるまおうとするなら、必ず見失ってしまう感情なのだ。

自分の短所を受けいれることができなければ、自分の長所などというものもあやしいものだ。

もし自分の行動を本当に受けいれるなら、ぼくはもはやそれを短所として考えないだろう。

ぼくの身体《からだ》もぼくの感情も、ともにもって生まれたものなのだから、恐れたり、不安を感じたり、利己的になったり、仕返しをしたくなったりすることで自分自身を責めるのは、自分の足の大きさが気にいらない、といって自分自身に腹をたてるのと、同じくらいにばかげたこと。いろいろな感情をもつのはぼくのせいではないが、その取り扱いについてはぼくの責任だ。

ある考えが浮かんでしまったことで不機嫌になるのは、去年ぼくがしたことに対して自分を責めるのと同じくらいしかたのないことだ。オーケー、あれはぼくがさっき考えたことだ、でも今はこれがぼくの考えなんだよ。

「そんなふうに思ってはいけないよ」。——でも、ぼくの感情はアリストテレス的論法に従って生まれるものではない。ぼくの身体《からだ》が何を感じているべきかということを、ぼくの頭にわかるわけがない。ぼくの身体《からだ》がこう感じるのは、それにふさわしい理由があるからで、あれこれ考えてみても（ぼくにはそれはできないことだが）、そのように感じるしかないのだ。

「君がいだいてしまった感情のために自分自身を責めてはいけないよ」

「非難されてもしかたがないような感情でもかい？」

「気にすることはないさ」

「だって、気になってしまうんだもの」

ぼくは自分が感じていることに感じやすく、それに対してまた感じてしまうのさ。

たった今、どこかに行こうと誘われた。ぼくは言った、「行かれないんだよ。家にいなくちゃならないのさ。ゲイルの具合が悪いんだ」。明らかに、ぼくは自分の行為の責任をとっていなかった。この次の時は、ぼくがこうするのは自分がこうしたいからなんだ、と言える勇気をもつようにしたいもの。

ぼくは、時々、それをやりたいという自分の欲望を隠すために、「ぼくはこれこれをしなくてはいけないのだ」と思うことがある。もしそれを「しなければならない」のなら、ぼくがそれをしたいとか、したくないとかを、認めなくてもすむから。

利己的になるな、という御命令は実現不可能な理想にひとしい。ぼくたちはいつも自分たちのある部分がやりたいと思うことをやっているのだ、という意味で、ぼくたちのだれもがまったく利己的なのである。気前をよくすることも、とにかく自分がそうしたいからするのである。利己的であるということは、本質的には良いことでも、また悪いことでもない――それが滋養になるか、害をおよぼすかについては、ぼくたちがい、い、ど、ん、な、ふうに利己的なのかにかかっている。

嘘によっては、話をしている時にひょいと口をついてでてしまって、はっとさせられるようなものがある。時にはそういう嘘をすぐその場で訂正する気になるのだが、そうしたからといって、だれもぼくのことをばかにしたりしないことがわかった。この種の嘘に気がつくことで、自分が至らないと感じているところを知ることができる——どういう点でもっと自分自身を受けいれるべきなのかがわかるのだ。

また、別の種類の嘘は、ぼくがやってしまったことの結果がわかりかける時にはじまる。ぼくはそれをどう説明したらよいものかと空想しだすのだ。それが空想であることに気がつかないと、いつのまにかぼくは心のどこかで、物事は実際よりももっと自分につごうよくおこったかのように思いこんでしまい、そのあげくの果てに嘘をつく――自分でもそれをなかばは信じてしまうのだ。しかし、もしそれが空想であることに気づけば、ぼくは何とかしてその型にはまらないようにすることができる――何が本当におこったのか、そして真実を述べたいのなら何と言うべきかを、自分の心のなかではっきりさせることができる。ぼくにとっては、これだけのことをするのにはひじょうな努力を要する時もある。だけど、こうしてぼくは真実を話したくなり、たとえ真実を話さなくても、嘘をつくことに対してずっと気が楽になるように感じるのだ。

ぼくの空想について、それがいったいどれだけの価値があるのかを考えてみると、自分ながらそのあまりのあほらしさに呆れてしまう。

ぼくの空想にはぼくが本当に感じていることよりも、ぼくが感じてみたいことがあらわれている場合の方が多い。ここにぼくが恐れている男がいて、ぼくはとてもたくましい男になった自分を空想する――実際にはとても彼にかなわないと思っているんだ。ぼくは本音を言いたいのか？　そうさ、実際のぼくは彼が恐いんだよ。

なぐられるのが恐いと思ったからといって、その恐怖感に打ちのめされてしまうか、またその逆に強がってみせるかと、迷う必要はない。かわりにぼくはその瞬間に自分が感じていることを認めて、そこから生まれてくるものに従って行動すればよい。自分自身を知ることによって、ぼくはもっと広い行動の範囲のなかから自由に選択することができるようになる。

恐怖とは、ぼくが自分の実感に耳をかたむけようとするのをさまたげる雑音のようなもの。

不安、恐れ、狼狽、などは、何かから逃げること。ぼくの心の片隅に、ぼくが目をそむけて逃げだしたくなるような、考えやイメージがひそんでいるからなんだ。

恐怖は、ぼくが自分自身を避けているというしるしであることが多い。

自然で健康な恐怖もあるかもしれないが、ぼくが嫌いな、またそれに屈したくない恐怖とは、自分の気持ちに反した行動を押しつけたり、自分の気持ちがどうなのかもわからないうちに行動させたりするような恐怖である。たいていそれは他人の機嫌をそこねることへの恐れである。そしてほとんどの場合他人が期待していると（あわてて）思いこんでしまったことが自分にはできないんじゃないか、という恐怖である。そういう恐れにかられて行動した後はいつも情けなく、みじめで、つくづく自分がつまらない人間であると感じてしまう。ぼくは他人が何を期待しているかを知っておきたいけれども、それにとらわれてしまいたくはないのだ。そこでもし、ぼくが他人の期待していることの逆をわざわざ選んだとしても、ぼくはまだ恐怖に支配されていることになる。ぼくの望みは自分自身への愛情と誇りにもとづいて行動することだ。

他人にもっとも役にたつようにするためには、現在の自分にとってもっとも役にたつようなことをすればいい。

自分の腕や言葉で何をするかよりも、自分の感情で何をするか、の方にぼくは関心をいだいている。ぼくは心の内から外の世界にむかって生きてゆきたい、外部にしばられて内へとじこもってしまうのではなく。

ほとんどの言葉は外の世界を描写することによって発達してきたのだから、ぼくの内面におこることを述べるには当然不十分である。

何かしたい、というのは欲望であって文章じゃない。何をしたいかを「決める」時は、ぼくは自分の欲望を文章におきかえて、その意味に従う。ぼくは欲望を自分の身体《からだ》からとりだして、自分の心のなかに移しかえているのだ。だから、自分自身に「ぼくはいったい何をしたいのだろう?」と問いかけてみると、ぼくの頭にはいつものきまりきった返事とか、「やるべきことである」というような見当違いの事柄が浮かんでくる。これは、ぼくがこの瞬間に感じていることをあらわすのに適当な言葉がないという事実を無視しているからなんだ。

たいていの情景は、伝統的にきまった感情と結びついてしまっている。たとえば、君の妻が君を裏切ったなら、君は激怒するという（しかし実際には君は興奮しているだけなのかもしれない）。ぼくはしばしば物事に対して自分が本当にそう感じるからでなく、そう感じる「べきである」と思って応えてしまう。だから、どうしてよいかわからなくなったり、判断に迷ったりするのだ。

　ある状況に対して自分はどうしたいのかをはっきりと自覚したいのなら、人びとについてのぼく自身の気持ちと、みんなが彼らについてぼくに話してくれることとの間には、ひらきがあることをよく知っておく必要がある。ぼくはルディが悪意のある人間だとは思えない。ではぼくは彼のことをどう思っているのだろう？　ここで突きあたる問題は、今は彼について本当にどう思っているのかということと、以前みんなに話してしまった彼の印象との間に食い違いのないようにしたいという思いの対立である。

もしぼくが自分のことを「お前」ではなくて「ぼく」と考えて、第三者の立場から自分に話しかけるのをやめれば、ぼくはもっとすんなりと自分の気持ちをつかむことができるのだ。この第三者は自分という聞き手にいろいろ要求して、世間では「これでなければとおらないのだ」というようなことを押しつけてくる。

分析することは非難することである。ぼくが自分にたずねる「どうしてお前はそんなことがしたいのだ」という問いには悪意がひそんでいる。自分にとってふさわしくないと前もって判断した動機を、また自分でさぐりだそうとしているのだ。自分の動機に異議をさしはさんでいるうちに、ぼくは自分がもっていた欲望をあきらめる決心をしてしまうというようなことになる。もっと健康なやり方は、その欲望を自分のものとして受けいれ、ただその方向を知ろうとつとめること。それを裁くためにではなく、はっきりさせるためにそうするのである。

ほとんどの判断、おそらくすべての決定は、もっとも深いところにある心の奥底ですでになされていて、理論的に考えてそれらに達しようとするのは何とも無駄なことのように思える。「私は何をしたいのか？」というような問いは、ぼくの潜在意識がすでに決定したことを気づかってなされることが多いのかもしれない。そしてそれは、「私は本当は何をしたいのだろう？」というのとは違うし、「自分は何を本当に感じているのだろう？」とはだいぶ異なった問いであるように思える。これらの問いが認めているのは、どんな時にもぼくはいろんな感情をこの身に感じていること、そしてぼくはそのなかから自分にとってもっとも主要な感情をひとつ見つけだそうとしていること、である。それさえ突きとめられれば、何をすればよいのかもはっきりするだろうし、多分自然にそうしてしまうものだろう。もっとも単純なところでぼくが「のどがかわいた」と思っているのなら、「自分は何をしたいのだろう？」などと問いかける必要はない。

自分が何をしたいのかを見つけるには、とにかく何かをやってみる以外にはないという場合もぼくにはある。やりだしたとたんに、自分の気持ちがはっきりとしてくる。

自分自身でいるということは、自分自身と危険をともにすることをもふくんでおり、恐れずに新しい行動にうつって、新しい「自分自身のあり方」をためしてみれば、望んでいた自分がどんなものかがわかるんだ。

もし、書きたいという欲望に、実際に書く行為がともなっていなければ、その欲望は、書きたくない、ということ。

冷蔵庫の前に立って、もし、空腹かどうかを自分にたずねなければならないのなら、ぼくは空腹ではない。

ある人がたずねる、これこれをしませんか？　ぼくの頭にある光景が浮かぶ、そしてそれを見て、興味をそそられるか、そそられないかによって、ええぜひ、とか、いや、止めておきましょう、とか答える。しかし、その光景は未来を予測したものではない。それは過去の経験をつなぎあわせたものにすぎず、来たるべき出来事とは多分似ても似つかぬものであろう。

暮らしのなかのひじょうに手ごたえのある体験なのに、どうしてそれにふさわしい言葉がないのか、とふしぎに思うことがある。聞いてみると、ぼく以外の人びともそれを体験していて、なかにはぼくよりもっと強くそれを感じている人もいる。それは、「今こそ、それをやる時だ」というあの感情だ。どうしてあることをまだやっていないのか、とよく人にたずねられるが、その答えは、ぼくがまだこの、やれ、を聞いていないからだ。宇宙飛行士の受ける合図が、今まで聞いたどれよりも、このぼくが感じるものをうまく伝えている。それは、「すべて　発　進　準備　完　了」である——しかし、彼らには少なくとも、それがどこから発せられているか、がわかっている。

その状況にふさわしい行為を判断するぼくの直観は、それがよく働いている時、どうも未来のことをも考慮にいれているらしい。ぼくが「これをやれ」と感じても、その意味がわかるのはずっと後になってからのことなのだ。

直観に耳をかたむけるというのは、自らの感性に全身をゆだねて、意識されたとらえ方のみにたよらずに、自分の体験そのものになりきることである。全体をとらえようとする感性に身をゆだねることで、理性にもおよばないくらいの感覚をやしない、おちついて方向を見定めることができるようになる。

何かにこだわっていると、ぼくは自分の全体を忘れて、自分のある面だけにかたよった行動をすることになる。全体的な感性よりも、意識的なとらえ方に重きをおいていると、ぼくには全身に響いているリズムが聞こえなくなるのだ。

おちつきとは全体をとらえようとする態度によってもたらされる。恐れは部分的な認識によっておこってくる。直観とは、意識的なとらえ方による判断の域をはるかに越えているものなのだ。

人間はだれも究極的には独りぼっちなんだ、といわれてきた。ぼくはむしろ、現在の自分だけを究極的なものだ、と思いたいのだが、その意味は、ぼくたちは独りでいる時の方がなぜかもっと正直であり、また本当の自分でいるように思える、ということだろう。「神」という言葉は、ぼくにとって、独りでいる時にはじめてある意味をもってくるが、議論のなかでは何の意味をもなさない。宗教が知識人に議論できる問題だとは思えない。ぼくなんか、それについて話していない時にのみ、やっと信ずることができるのにさ。

ぼくに食物や休息が必要であるように、孤独が必要で、食べたり、休んだりがそうであるように、独りでいるのもそれがぼくのリズムにあっている場合に、もっともありがたいものになる。定期的に独りでいられるようにしてみても、それはぼくにとって何の足しにもならない。

そもそも、孤独というのがおかしな呼び方だ。ぼくにとって独りでいることは一緒にいることを意味する――それは、ぼくと自然とが、ぼくと存在とが、再び一緒になることであり、ぼく自身をすべてのものと再び一緒にすることである。

ぼくにとって孤独とは、ばらばらになっていた自分のいろいろな面をもとに戻すことをとくに意味している——自分を統一して、小さいものは小さく、大きいものは大きく見ることが再びできるようになるのだ。

孤独になることは、自分を愛して正しく認識するためには、欠くことのできない大切な行為だと信じる。

ぼくがかつて「まじめで信心深い男」だった時、直観にたよって自分の方針を定めていこうとしても、思うようにいかなくて困ったものだ。つまり、自分がたよりにしたいと感じたら直観にたより、自分がやりたい時に瞑想にふけり、自分にとってそれが自然だと感じたら理論を使えばよい、ということらしいのだ。それが自分にとっていちばん良い、と理論的に判断したから自分の直観には従わなければならない、と考えるのは何ともおかしく、矛盾している。

先週以来、ぼくはあるゲームをしている。ぼくは、自分が今から二分ないし五分後には何をしているか、を予言しようとしている。そしてわかったのは、いくら当てようとしても当たらない時の方が多いということと、当たるのは明らかにぼくがいいかげんに決めた時で、多分まぐれ当たりだったにすぎないのではないか、ということ。

ぼくは、自分の未来に対する空想と、実際の経験とが根本的に違うものであるということにも驚いてしまった。ぼくの予想とは、せいぜい、行動の種類をばくぜんと予想するだけにとどまるのだが、それにくらべて実際の経験そのものは、気分や考え、身体《からだ》に伝わる感じ、こまかな感覚などから成りたっていて、そのどれもがぼくが今までに経験したこととそっくり同じものではない。ぼくは、これ（すぐ目の前の未来についての把握と予測がひじょうに困難なものであること）に気づいて、退屈などありえないということが、わかってきた。これを書きながら、退屈とは未来に対する誤った考えである、との確信を強めている。ぼくの退屈は、目前の未来は「例によって変わりばえしない」ものになるだろう、というぼくの予想にたよっている。さしせまった変化をひかえて退屈なんてとてもできないことだ。

このごろわかってきたのだが、退屈するとぼくは周囲の環境にあきてきたのだと思いがちなのだけれど、実際は自分の考えにあきてきたのだ。古くさく、くどい、いいかげんな自分の考え方が不満になりだしたのだ。しかしたいていの場合は、静かに理解しようとする意識をもち、耳をすませて聞こうとする態度をとることによって、ぼくの心には生気がみなぎり、自分のいる状況がいきいきとしてくる。もしぼくの注意が散漫になりだしたら、それはその注意がまたどこかにひきつけられているのであり、自分でつくりあげた義務と称するものに自分をしばりつけておこうとするのは明らかに無理というものだ。

計画というものは変化を約束することによって、退屈を払いのけてもくれる。しかし、皮肉なことに、計画は今とは違った未来を想像しようとするぼくの決心にすぎず、それに無理に従おうとすると、思いがけない出来事に遭遇する機会を逸してしまう。

時にはぼくの退屈が役にたつこともある——今していることがいやなんだが他に何をしたらよいのか思いつかない時や、あまりにとっぴででできそうもないことしか思いつかない場合がそうだ。ぼくの頭のなかにはいろんな計画が次つぎと浮かぶが、そのどれもが気にいらず、ぼくはますます退屈して、欲求不満に陥っていく。こうなってしまったら、しばらくの間、「決めよう」とする努力をやめてみるのがよいということもわかった。知力によってのみ判断しなければならない、と思うことは、ぼくの身体《からだ》を単に一個の物体とみなして、ぼく自身をふたつに引き裂いてしまうことになる。しかしぼくがそこで立ちどまって自分のうちに流れる感情を深く理解しようとするなら、やがてぼくは心のなかにあるひらめきを感じ、それが暗に何をなすべきかを示してくれる場合もあり、すでになすべきことはやっていて「決める」なんて必要なかったんだ、と気がつくこともある。「なすべきこと」がそのままじっとしていることである場合だってあるんだ。

必ずしも言葉で考える必要はない。言葉は、ぼくが直観に従って行動しようとするのを、しばしばさまたげる。恐れ、迷い、欲求不満などは言葉にすがって存在しているのだ。言葉がなかったらたいていの場合そのようなものは消えてなくなってしまう。どうやって他人《ひと》と、とくに見知らぬ他人《ひと》と、話せばよいのかと思いをめぐらしている時、もしぼくが言葉で考えることをやめ、その状況に耳をすませて心をひらけば、もっとその場にふさわしく、もっと自然に、しばしば個性的に、そして時には勇敢にさえ行動できることに気がつく。言葉は、過去をふりかえるのには時として便利であるが、現在において行動しなければならないぼくを束縛するものでもある。

他人に対して批判的である時、彼の行いを「欠点」とみる場合、ぼくの態度には次のような気持ちがひそむ——ぼくは（彼にもいろいろな面があるのだとは思わないで）彼のすべてが嫌いだと考えてしまうのだ。ぼくには彼の行動が「理解できないだけ」である。彼を正当化できないように思うのだ。そしてぼくは、彼にだって「それくらいのことはわかっていそうなものだ」と思ってしまう。もしぼくがこのように感じたなら、実際には自分自身に対する自分の非難を行っているのである。「欠点」とは標準にあわないことを意味している。だれの？　ぼくのだ。他人の行いが「わるい」か「理解できる」かを、ぼくは自分自身についての経験に従って決めているのだ。ぼくの彼に対する批判とは次のようなものになる——ぼくがもしあんなことを言ったり、あんなふうにふるまったりしたら、ぼくは自分のことをわがままで、がんこで、子供じみていると思うに違いない。ぼくのある面は明らかにそういうふうにふるまいたがっている。いや、そういうふうにふるまう自分を想像しているからこそ、ぼくはそれを非難するのだ。もしぼくにどうして自分はそのようにふるまうのか、または、ふるまいたがるのかがわかって、そんな自分を許すことができていれば、ぼくは今この人を非難したりはしないだろう。彼のことがこれほど気になるのは、ぼく自身の内部に、ぼくにも理解できない何か、つまりぼくがまだ受けいれていない何か、があるからなのだ。

家賃をふみたおしたというだけの理由で、ローソンという男はマックとロアを重罪犯として警察に訴えようとした。まったく不愉快なやつだ。彼はいくじなしの弱虫だと思うよ。ふみつぶしてやったっていいくらいなやつだ。

しかしもしあいつが彼らを射ってしまっていたら、ぼくは何を感じただろう？　多分怒りではない。だがギャングの仲間がぼくの立場にいたら、彼のことを理解して怒りを感じたかもしれない。もしローソンが彼らを虐殺したとしたら、ぼくが感じるのは怒りなんかではなくて、ショックと驚きと、そしてもしかすると彼に対するあわれみのようなものまで感じるかもしれない。

もし定義するなら――「誤ち」とはぼくだってやりかねないもので、ぼくにはやれそうもないくらいに悪いことが病的なものらしい。

もしだれかを嫌いだと感じて、仲間のだれかを無視したり、避けたりしている自分に気づいたなら、ぼくは多分その人によって示されている何かが自分にもあることに気づいて、心のなかでそれからのがれようとしているのだ。

君のすることがぼくの気にさわってしかたがないとすれば、君の欠点はすなわちぼくの欠点でもあるということ。

人を傷つけやすい批評とは、ぼく自身の自己批判を反映している批評だ。

自分自身のどのようなところを見すごしているかを知るために、主な方法がふたつある。その第一番目は、他人のどのような点がしゃくにさわるのかをはっきりと知ること。二番目は、どのようなことを言われた時に身がまえてしまうのかに気づくことだ。他人のふるまいのどのような点が気にさわるかを知るには、最近会った人びとのことを思いだしてみればよいのだが、どのような時に身がまえているかを見わけるのはもう少し難しい。ぼくは次のような手がかりによってうまく見わけることができる。つまり、ぼくが急いで答えてしまう時だ。長ながとしゃべる必要を感じて話している途中、さえぎられたりするとぼくはいらいらする。ぼくは説明につとめる。ぼくは説得しようとする。そしてそれがうまくいっていそうな場合でさえ、あたかも今さらいくら努力してもとりかえしがつかないことになったように感じて、あせってしまう。

じっくりと考えると損でもするかのように思って、それに強い抵抗を感じながら、急いであれこれ考える。ぼくの顔はかたくこわばって深刻な表情を浮かべる。そしてたいていの場合、相手の言うことを聞いてすぐに相手から目をそらしてしまう。言われたことをぼくはただただ深刻に受けとめてしまうわけで、面白いとか、おかしいとは少しも思わない。ところが、そこにいあわせた人びとがぼくのそういう態度に気がつくと、彼らはその状況を、何でもないじゃないか、と軽く扱うのだ。すると、ぼくは何となく誤解されたような、はぐらかされたような、しらけた気分になってしまう。

他人を批判するのはそこに自分の欠点をみているからだ、ということがわかったのだから、ぼくは正直にもう少し的をついた批判をしたいと思う。この欠点が人びとのなかでどのように機能しているかが自分にはっきりとわかってくると、自分自身の行いも驚くほどはっきりと理解できるようになる（こういう批判はそっと自分の心のなかでするのがもっとも効果がある）。

自分が身がまえていると感じる時、ぼくにとってもっとも理想的なのは、自分が身がまえているのを承知の上で心ゆくまで身がまえてふるまうことだ。

だれも間違ってなどいない。せいぜい、だれかがよく知らなかったということがあるくらい。もしぼくがある人のことを間違っていると思ったなら、それはぼくと彼のうちのどちらかが何かを見おとしているのだ。だから、彼とどちらが正しいかを争いたくないのなら、彼が何を考えているのかをまず知ろうとした方がよい。

「君は間違っている」というのは、「ぼくは君が理解できない」という意味――君が考えていることがぼくにはわからないだけなんだ。しかし、君は間違ってはいない。君がぼくではないというだけの話で、それは別に間違ったことではないんだ。

ぼくはいつも自分がだれかより、すぐれているか劣っているか、一段上にいるか下にいるか、ましな境遇かみじめな境遇か、のどちらかを感じているみたいだ。人より上だと感じるのは確かに気分のいいものだけど、ぼくにとって本当にありがたいのは、たまたまぼくが人と対等であると感じた時なのだ。

人間どうしの世界で「最良」などというものはありえない。

なぜ、出会う人びとみな等級別に分類して、それぞれをきちんとまとめておく必要があるのだろう？　個々の人間のように複雑なものを分類しようとするのは、ぼくが浅はかであるという証拠。他人への評価とは抽象にかたむきやすく、無いものをつけ加えて、独特のものを無視してしまいやすい。もしぼくが、だれかのことをある種の人間だと決めつけてしまったら、それは彼をただの対象物として扱っているわけだ。ぼくがその人の人柄にふれるには、彼と実際に交わってみるしかなく、彼のことを考えてみてもはじまらない。

たとえば——ビルと話すのはまったく骨がおれる。どうして彼はこう世話がやけるのだろう？

しかしね——ぼくはビルと話すのをひとりで大変がっているのだ。どうしてそう大げさに考えるのだろう？

だれかに夫婦間のトラブルを打ちあけたくて、ゲイルのことを悪く言いたくないのなら、ぼくはそのトラブルをゲイルのせいにしたりせずに、あくまでも自分の問題として話せばよい。

ブルースが彼のおふくろさんとうまくいっていないというのを聞いて、ぼくは彼を見直したよ。ぼくは欠点のある人が好きだ、とくにそれを自覚している人がね。あやまちをおかすのが人間だ――神様たちのそばにいるとぼくは窮屈でしかたがない。

うまくやろうとするのか、人間らしくやるのか、ぼくはそのどちらかを選べばよい。

自分がかげで批判している相手に会うと、ぼくはことのほか親切だ。

一般論には例外がつきものとわかりきっているのに、会話のなかで、相手の言っていることの明らかな例外をわざわざ指摘している場合が実に多い。

君が君自身以外のことについて話すのならともかく、君が君自身についで話すことに対してはぼくに反対する資格はない。君が君自身について話すことに対してぼくが答えられるのはせいぜい、ぼくの考えは違うよ、ということぐらい。

内容がもっともはっきりと相手に伝わる話とは、ぼく、君、今、ここについての話だ——結局はこの顔ぶれがすべてなのだから。

大ざっぱな物の考え方とは、自分にとって真実であることが、自分でない者にとっても真実である、と決めてかかること。ぼくはよく、すべてをひっくるめたような話し方をして、自分にとっての「真実」が受けいれてもらえたという錯覚をもつことがある。そうすることで他人のなかにぼくの個性に対する支持（共感）を見いだして、それほど孤独を感じないですむのだ。

一般論を押しとおそうとしてぼくはこうつぶやくことがある、「ぼくが神様だということにしようよ」とね。すると相手はもちろん、がまんできずにそれに反論してくる。しかし、もし相手が彼自身の立場を主張して、彼独自の考え方を述べてくれるなら、ぼくは彼の言うことにもっと注意深く耳をかたむけ、自分の内面をもっと深く見つめるよう心がけるだろう。

それはこういうもの「である」というのではなくて、君がそれをこう見ているんだ、と話してくれるなら、それでぼくがそれをどう見ているのか、を自覚することができるようになる。

自分が何かをいやに熱心に主張している時は、実はそのことについて自分も納得していないのだと思って間違いない。

会話のなかで何かひじょうに断定的にものを言おうとする時、ぼくはどうしても心のなかに軽いためらいや迷いを感じてしまう。

「同感」や「反感」は実際にはありえない心の状態だ。というのも、二人の人間がまったく同じに感じたり、正反対に感じたりするわけがないから、ぼくは時々「同感だ」と言って相手との衝突を避けようとしたり、時にはただ相手をだまらせようとしてそう言う。自分をめだたせたいと思う時にはぼくはたいてい「反対だ」と言う。

彼のことをどう感じているかを話すのと、ぼくの見方が正しいとする証拠をならべたてるのとでは大違いだ。他人についてぼくがどう感じるかに証拠などいらない——ぼくは理屈でそれを感じるのではない。

だれかがぼくに反対したからといって、ぼくがすぐに自分の言ったことを訂正する必要はない。

人は、ぼくが彼らに同意してばかりいるのを好まない。彼らにはそれが嘘だとわかるのだ。彼らには、ぼくが彼らを思いどおりにしようとしているのがわかるのだ——同意することによってぼくが彼らにとりいろうとしているのが。彼らはこう感じている——「お前さんを好きになるための存在だなんてぼくはまっぴらだ。ぼくはお前さんを好きになるために存在しているわけではないんだよ」。

拒否反応でもないよりはましだ。だれかに無視されるくらいなら嫌われた方がいい。彼に嫌われているかぎり、ぼくは彼にとって何らかの意味をもつ存在でいられるのだから。

強姦をはたらいたり、狩りをしたり、道ばたの生き物に石を投げたり、めずらしいペットを買ったり、花をつんだり、有名な人たちの悪口を言ったりするのは、そのふれあいのなかで、自由で、美しくて、恐ろしいくらいにも自分たちとかけはなれているものたちと、何とかして同等になろうとするぼくたちの努力なのかもしれない。

だれかに批判されたからといって、それでぼくの価値が下がるわけではない。それはぼくの批判というよりは、彼に由来する批判的な考え方なのである。彼が表そうとしているのは、彼自身の考えや気持ちであって、ぼくのものではない。

以前、ぼくは、自分の価値とは自分が実際にかちとるものだと思いこんでいた。だからぼくは人に好かれようと必死になって努力したのだ。人びとに好かれることが、彼らのぼくについての評価なのだとばかり思っていたのだが、本当は彼ら自身についての評価を表していたんだ。

批判を受けた後で自分自身にたずねることは、「彼の言ったことは、ぼく自身についての理解に役だつだろうか」であり、「それは本当なのだろうか」ではない。もしぼくが「それは本当だ」と言ったら、その言葉が実際に意味しているのは、「ぼくも自分自身のことをそう思っている」である。それが果して本当であるか、、、どうか、、、はだれにもわからない。

「何とばかなことをしてしまったのだろう」――ぼくがそういう印象を与えたのではない。それは彼のぼくについての受けとり方なのだ。ぼくはきまりきったひとつの物として他人《ひと》に出会うのではない。ぼくは他人《ひと》の反応を予想して行動しているのでもない。ぼくのすることに対して他人《ひと》はさまざまな反応を示すものである。どう反応するかは、彼自身の問題だ（もちろんぼくが、「してやったり」と思った時は、こうは考えにくいがね）。

批判されたからといって気を悪くする必要はない。それをぼくがどうとるか、という自分の解釈によってぼくの気持ちは傷ついてしまうのだ。ボブはぼくに、「時々君はまるで三歳の子供のようにふるまうね」と言い、またエスターは、「あんたはまるで説教師のように話すのね」と言う。これらの言葉はぼくにとってどんな意味をもっているのだろう？　それを侮辱と解釈しなければ承知しないのはこのぼく自身だ——その言葉がもともと屈辱的な意味をもっているわけではない。ぼくが勝手に結びつけて、悪口だと思っているだけなのだ。ぼくが自分のあり方をもっとわかっていたら、そして、もっと「自分」というものになじんでいたら、他人《ひと》の言葉に一喜一憂することなく、それが的確な批評であるかどうかを自信をもって判断することができるはず。

自信のなさには自分についての認識不足を意味する場合があるが、それは、自分というものに安心していられない――自分自身にまかせられない――自分の心の動きがつかめない、ということだ。ぼくは、自分のある側面を自分自身から隠しておくほど、自分に自信がない。それとも、自信がないのは、自分の心の動きはつかめていても、そいつに不満を感じているからなのかもしれない。どのように行動すべきかを前もって考えているのなら（つまり計画をたてるのなら）、それは、ぼくが自分のあり方に誇りをもっていないということになる――自分のことを信用できないと思うからやり方を決めねばならないのだ。そうしないとぼくは、ついうっかりして人間らしく行動してしまうかもしれないからね。

多分、「自分をえらく見せよう」と思うから、ぼくも、ポールも、他の人たちも、やたらとしゃべりまくるのだ。自分が大した人物ではないことを恐れる気持ちがそうさせる。今までの経験から、もっともらしい言葉には人が感心するものだとわかっているから、「何と言ったらこの人たちに受けるだろうか」と考えてしまう。

自慢とは、これ見よがしにやらなくても、実際には過去の業績の数かずをならべたててみせることであり、ぼくはそれを他の話にかこつけて何気なく会話のなかにすべりこませる――最近わかったことや、やりとげたことを友だちに熱っぽく語るのとは対照的だ。

昨晩、自分の上品な話し方がぼくの現在の気持ちを言いあらわしていない、と考えて、ビルと一緒にばちあたりな言葉を使いはじめた。どうもぼくはもっと現実的になろうとして毒づくらしい――それとも、もっと素直な人間だと思われたいからだろうか？

汚いことを言う時、ぼくは何かになったつもりでいるだけで、何かを言っているのではない。

ぼくの毒舌を聞いて、相手はぼくの考えでなく、その言葉の方に注目するのだ。

もしかすると、恐れずにありのままの「自分でいる」のなら、ぼくは結構ひょうきんな人間なのかもしれない。もしかすると、気のきいた答えがぼくの頭をかすめているのに、思いついたことをそのまま口にだしたら人が何と思うだろうかという不安から、それを口にださないでいるのかもしれない。

話す時に「あのう」や「ええと」と言うのは、ぼくは、人に何か言われたらすぐに答えなければいけないし、すらすらとしゃべらなければいけないのだと思っているから。まるで、考えるのに時間をかけては恥ずかしいみたいだ。

間《ま》をどう解釈するかは、相手が考えること。

もしぼくが、あらゆる質問に対して答えなければならない、と感じているとしたら、そう思わせているのはこのぼく自身なのだ。

もしかすると、ぼくはこれ以上しゃべらない方がいいのかもしれない。彼らだってぼくの話を聞きあきたかもしれないのだ。ぼくがしゃべりつづけているのは、ぼくがそうしたいからで、これはあくまでもぼくのためのものであり、彼らのために話しているのではない。だから問題は、ぼくがもっとしゃべりたいのかどうかである。

ぼくがこの人に何か言ってやりたい時、次のような恐怖が生まれる――「よしておこう」(彼は誤解するかもしれない、彼は急いでいるのかもしれない、などなど)。これらの恐れは現在の状況のものではなく、過去に根ざしており、かつて何かがうまくいかなかったからといって、ぼくがそれに今左右されることはないのだ。ぼくたち二人は、ここに、今、出会ったのだ。今の状況が問題なのだ。

ほめられることが、ぼくには何となく恐い。その理由のひとつとして考えられるのは、ほめ言葉には、それが撤回されてぬか喜びに終わるかもしれないという不安がつきまとっているから。他人《ひと》の言うことをあまりあてにすると、ぼくは結局その人の手に身をゆだねてしまうことになるから。もうひとつの理由――彼にそう思わせておくためには、注目された自分の行動にこれからも気をつけねばならないというようなはめに陥る。もうひとつ――心のどこかで、自分は彼がほめるほどの人間ではないのだ、ということをぼくはちゃんと知っているから。もうひとつ――ぼくが似たようなことを言った時はいつも、おべっかを使っていたにすぎないのだからね。

ビルもボブも、ぼくが彼らのことをほめちぎったら、君の親父になれとでも言うのか、と文句をつけたものだ。どうしてぼくは他の人をその人以上にたてまつろうとするのだろう？　多分それはぼくが、いいと思ったら何が何でもいちばんいいのだとせずにはいられないからだろう。そうすることが悪いことなのかどうかはわからないが、やりすぎだとは思う。それは、美しい女に夢中になってしまうのによく似ているような気がする。

ほめ言葉は正直に扱うにかぎる。ローレルが言った、「あなたみたいに親切な方ははじめてよ」。ぼくはこう言えばよかったのだ、「親切だとは思ってるけれど、君が思っているほどじゃないよ。お互いにまだ知りあったばかりだから、ぼくもできるだけ自分のいいとこばかり見せるようにしてるのさ。もう少しつきあえば、あんたも、ぼくが他のだれかさんとおんなじように、思いやりのないことをしかねない人間であることがわかってくるよ」。

ぼくとローレルとの友情も、新たに芽ばえていく友情がいつもたどる段階を弁証法みたいにたどっているらしい。最初ぼくたちはお互いの長所だけを見ていた。今、ぼくたちはお互いの短所だけを見ている。もしぼくたちがこの後の段階をうまく切りぬけたら、ぼくたちは多分お互いを見ることができるようになって、本当に友達になることができるかも。

人とのつきあいにはうまくいかない時だってある。だれかと一緒にいるだけでつまらなくなり、いらだってきて、まるで時間の無駄だったと思ったりもする。このごろ、ぼくの思いどおりにならない時にこのような気持ちがおこってくることがわかってきた。相手に何かを求めているのに、それがもらえないのさ。ぼくがほしがりそうなものとは——賞賛、救い、娯楽、慰み（退屈しのぎ）、注目、愛情、セックス、正当化。

もしぼくが、君にほめてもらいたいとばかり思っていたら、君を理解しようとする余裕などないにきまっている。

そりゃあ、ぼくだってほめてもらいたいよ。だけど、もう子供じゃないのだから、この人にほめてもらわなきゃ困るというわけでもない。

嫌いになることも要求のひとつである。ぼくが君から何かを求めているのに、君はくれそうもないから、ぼくはそんな状態が嫌いになって君を悪く言うのさ。ぼくの山小屋の裏にいるりすは、ぼくがごみ容器をからにするたびに怒りだす。ぼくは彼に喜んでもらう必要はないのだから、彼が怒るのを見ると面白くてしようがない。だが、もしぼくがそのりすを飼っていて、なついてほしいと思っていたら、彼が同じように怒るのを見てぼくはいらいらすることだろう。それがぼくの通り道のじゃまをしないかぎり、石ころを嫌いになることはない。それがぼくの頭上で雨を降らせないかぎり、雲を嫌ったりはしない。

ぼくが君から何かをほしがっている時は、君の言葉は、いいよ、だめだ、たぶんね、としかぼくには聞こえなかったり、じれったいほど見当はずれなことを話していると感じてしまう。ぼくがありのままの君を知ろうとしていないから、君の物の見方がちっとも理解できないのだ。

ほとんどの会話に、口で言っていることと、気持ちが言っていることとの、二重構造があるように思う。口で言っていることが、社会的にはあたりまえのやりとりであっても、その目的は情緒的な欲求をみたすことにある。昨日、ある人から受けた仕打ちについての話を友だちから聞かされた。ぼくが、その人は多分こういう理由でそんなことをしたのだろう、と言ったところ、彼女はひじょうに不機嫌になり、ぼくにつっかかってきた。さあ、その原因ははっきりしている。ぼくは彼女の言葉にばかり気をとられていて、彼女の気持ちに気づこうとしなかったのさ。彼女の言葉は、その人が彼女にどんなにひどい仕打ちをしたかを述べてはいたが、彼女の感情はこう言っていたのだ、「私がどんな気持ちだったかわかってちょうだい。私がそう感じたのも無理ないと思うでしょう」。

彼女にとって、その相手の行為の説明だけは、してほしくないものだったのだ。

何かを感じるからこそぼくは話す。そしてぼくが君に話すのは、ぼくがどう感じているのかを君にわかってもらいたいから。

ぼくは口では「こうなのだ」と言ってるが、心では「こうしてくれ」と頼んでいるんだ。

ぼくは口では「こうなのだろうか？」と問いかけているが、心では「こうなのだ」と言っている。

ぼくがささいなことを口にするのは、そんなことも話しあえる友だちになろうよ、と誘っているのだ。

ぼくがうわさ話をするのは、――君に訴えたいから――ぼくにはとてもそんなことができないのをわかってほしいと。ぼくを信頼してほしいんだ。

ぼくが議論するのはこう君に主張しているからだ――ぼくのことを信頼してくれているんだね、いや、君も同意してくれるだろうね？　ぼく、ぼくがこうだって言ってるんだからさ。

そしてぼくが批判するのは、君にこう言ってやりたいからなんだ――君は今さっきぼくの気持ちを傷つけてしまったんだよ。

もしぼくが君の心の訴えを無視して、言葉だけに応えていたら、ぼくたちは互いに通じあっていないことになり、ぼくたちの間にはお互いの理解が生まれてこない。ぼくは君という人がわからなくていらいらするし、君もおそらくそう感じるだろう。どんな会話でも、核心はそれが自分の感情に訴えかけてくる点にある。ぼくが不満を感じるとしたら、それは君が伝えようとしている感情をぼくが避けている何よりの証拠――「君は、本当はぼくに何を求めているのだろう」と自分にたずねてみる余裕をもとうとしなかったのだ。

ぼくは、君が言っていることだけを聞いていたくない。君がそれをどういうつもりで言っているのかを感じとりたいのだ。

ぼくは君の言葉にこだわったりはしないつもりだ。深刻な感情がおかしな言葉で表現されるのはよくあること。

ぼくは君に、君が言いたいことは何でも口にできるようになってほしいと思ってる。

本気でないことも言っていいんだよ。

ぼくには君の沈黙が、その意味をはっきりつかめないだけに、不気味に思えてならない。君がだまっているのは、退屈してきたからか、興味を失ってきたからか、あるいは、相談せずに勝手にぼくについて何か判断を下そうとしているからではないか、とぼくはかんぐってしまう。君をしゃべらせてさえおけば、君が何を考えているかがわかる、とぼくは思いこんでいるのだ。

しかし沈黙が信頼を示していることだってある。さらに、お互いに対する尊敬を意味することも。沈黙が、自分も生きて相手も生かそう、という考えを意味している場合もある――ぼくはぼく、君は君という考えを尊重しているのである。このような沈黙は、ぼくたちがすでに一緒でありながら二人なんだということを肯定しているのである。

言葉が、君を友だちにしたいと言っているとすれば、沈黙は、君をひとりの友だちとして受けいれていることを意味しているのかもしれない。

ぼくの経験では、自分の気持ちを率直に認めることによって、ぼくはもっと他人の身になってその気持ちを思いやることができるようになる。ぼくの理性よりもぼくの気持ちの方が、相手の気持ちを正確におしはかることができるようだ。心で彼が何を考えているのかを知りたくて、ぼくが自分自身にたずねるのは、「彼の内部で何がおこっているのだろうか？」ではなくて、「彼の内部で何かおこっているとぼくは感じているのだろうか？」である。彼が何を感じているかをもっとはっきりと知るためには、彼が言っていることやぼくが考えていることに、耳をかたむけるのをやめて、自分の心のなかをのぞいてみるのも時には必要である。そして、ぼくがこの内にある感情にもとづいてものを言い、彼についてぼくが理解したことを話してみれば、ぼくが誤ってとっていたとしても、たいていはそれを彼の方で訂正してくれる。

君とわかりあうためには、ぼくは次のようなことをしなければならない——君を知ろうとつとめる（君を発見する）。君にぼくのことを知ってもらうようにつとめる（自分自身を明らかにする）。君と話している間にも、必要とあれば自分の考えや気持ちを変えられるようにする。そして、変えたことを進んで君に伝えるようにすること。

お互いの交流が意義あるものであるためには、それに命がこめられていなければならない。それは、「君とぼく」を越えて「ぼくたち」にならなければならない。もしぼくと君とがお互いに本当にわかりあっているのなら、ぼくは君のなかに自分とは違う生命を見て、それをわかちあうだろう。そして君もぼくを見て、ぼくというものを手に入れる。ささやかに、ぼくたちはそれぞれの古い自分をぬけでて、新しい何かになるんだ。だれかとこのような経験を共有するためには、ぼくはいこじな態度で会話にのぞむべきではない。もっとおおらかな気持ちをもってのぞまねばならない。ぼくはそのつながりに自分自身をゆだねて、そこから生まれるものになろうとしなければならない。

同じ話すのでも、「まくしたてて話す」のや「あたりさわりなく話す」のは、お互いを伝えあっているようでいて、実はそうではない。友人夫婦の家にでかけた時、ゲイルとぼくは、「あたりさわりなく話す」のだが、そこではだれもが終始「そうね、そうじゃないのかな」としか言わない。自分たち自身には直接かかわりのない、みんなの意見があいそうな話題を大急ぎで見つけて、それについてあたりさわりなく話さなければならないきまりでもあるみたいで、まったくばかばかしいこと。帰り道の車のなかではじめて、ぼくたちは本音を口にする。

ぼくは、次のような場合に、相手を「交えて」話そうとしないで、相手に「向かって」まくしたてるように話してしまう——相手にぼくが正しいと思わせたい時、それから、ぼくが正しいのだと自分自身に言い聞かせたい時、のふたつ。

昨晩、前の人がつい今しがたまでしゃべっていたことに、自分の言いたいことを何とかしてこじつけようと、みんなが無駄な努力を費やしていることに気がついた。ずい分おかしなことを「しなければならない」ものだ！　考えてみれば、ぼくがそれをした時、自分の気持ちにいつも正直だったとは言えない。自分の内部でどういうことが関連してそういうことが言いたくなったのかが、ぼくにはわからないことがよくある。だからぼくは、自分が正当な理由があって話しているのだとみんなに思わせるため、それをその場で話されていたことにこじつけようとしたのだ。理由は、ただぼくが「これを言いたい」と思ったからであり、「君が言ったことでこんな疑問が頭に浮かんだ」からではないはずだ。

お互いにわかりあいたいと思うなら、ぼくは君につねに自分の気持ちを伝えておかなければならない。問いかけることは、しばしば自分の気持ちを隠すことになる。ぼくは時々、自分の立場がばれてしまう前に君の立場を発見しようとして、または批判したいのを隠しておこうとして、質問する。もし君に、「なぜそんなことを言うのか?」とか、「それが君の本当の考えていることなの?」とたずねたら、ぼくは自分の気持ちを君にほとんど見せていないことになる。それどころか、ぼくのどういう気持ちに対して君に答えてほしいのかをはっきりさせないで、答えざるを得ない立場に君を追いこんでいる。

「あんたは本当に幸せなのかい？　あんたは人類を愛しているのかい？祖国を？　神様を？」、君のぼくへの問いが抽象的であればあるほど、ますます自分がいったいどう感じているのかがわからなくなってしまう。

ぼくは、口を開いて何か言いたい衝動にかられる——こんな問いかけは疑問ではなく、要求だ。ぼくの言葉はぼくの感情から生まれる。ぼくの感情は何かを言いたいのであり、問いかけたいのではない。ぼくの好奇心でさえ、ぼくが知りたがっていることの宣言に他ならない。

「君はそうすべきだ」と言うのは、「ぼくは君にそうしてほしい」という意味。ならどうしてそう言わないのか？

ぼくは、「君はこうすべきだ」と言って、自分がかかわりあいになることを避けようとしている。ぼくは、もっともらしい基準をひきあいにだし、立場や体面その他が君にそうすることを強いているなどとうまいことを言って、自分はまるで関係ないようなふりをしている。

しかし、ぼくが感じていることを君にそのままわかってもらえたら、
それに対する君の反応からぼくは自分自身を知る多くのよい手がかりを
得られるかもしれない――少なくとも、ぼくたちについての手がかりを。

「あまり個人的になるのはよそうよ」とよく言うが、君の言うことが個人としてのぼくに関連していなかったら、それはただ意味のない言葉をならべているのにすぎない。しかし、相手に対してだけ個人的になるのはよそう。ぼくたち自身のことを個人的にたちいって考えてみよう。

文章にしろ、会話にしろ、そこに示された考えがあくまで個人的で彼のみに通用するようなものであればあるほど、彼の言っていることはぼくにとっても深い意味をもつ。同一作家の作品でも、随筆よりは日記の方がぼくにとってずっと実のあるものになる。

多くの人は、だれかをののしる時、本音をさらけだしているのだと思いこんでいる。だれかがぼくのあら捜しをするから、ぼくはそいつに畜生と言いかえしてやる。しかしぼくの気持ちは、彼が本当に畜生だと思っているのではない。ぼくの気持ちは、彼がぼくの心を傷つけたと言っているのだ——「君はぼくの感情を害したのだから、今度はぼくが君にそうしてやる」と。言葉で人をやっつけようとするのは、強がりを言うことにより、自分が気を悪くしたことを相手に気づかれないようにしているのだ。人にやっつけられて手も足もでないと思う時ほど、しゃくにさわることはない。

何かしてくれとゲイルに頼まれると腹をたてることがあるが、それは、頼まれたことをもし断ると、自分のいやな面をさらけだすことになるとわかっている時。

健康的な怒りなどというものがあるだろうか？　危害を加えようとするものから自分を敢然と守ろうとする時――ぼくは健康的な怒りを感じている。ある人のなかに、ぼくが考えないようにしている自分のいやな面をまざまざと見る思いがする時、彼を攻撃してしまう――彼のなかに見る自分の姿をやっつけるつもりで彼までもその巻きぞえにするなら、その時に感じる怒りは病的だといえるだろう。

だけど、どうしてゲイルに対してはちょっとしたことですぐに腹をたてておいて、ぼくをののしってばかりいるボスに対しては怒る気にもなれないのだろう？　ぼくは何か損をすることを恐れているに違いない。だからその攻撃をかわそうとして、彼にさからわずに自分自身にさからってしまうのだ。彼にがみがみ言われると、すぐにぼくは彼の批判のなかに「真実」を見いだしはじめるから、結局はぼく自身がぼくを傷つける唯一つの凶器になってしまう。

自己不信も度が過ぎると、怒ることさえできなくなってしまう。ぼくは、彼のぼくへの仕打ちに反発して健康的な怒りを体験しているのだと思っているが、もっと正確には、ぼくはぼくの自分自身への仕打ちに対してそれを感じているのだ。たちの良い怒りは自尊心から生まれ、ぼくの内部の調和をはかっている。それはぼくに自分のいるところを示し、そこにいる権利を主張してやまない。健康的な怒りとはすなわち、自覚していたい、認めてもらいたい、そしてあくまでも自分自身でいたいというぼくの熱意のあらわれなのだ。

ゲイルは、ぼくとぼくたちの結びつきとを信頼してくれているからこそ、時々ぼくにむかって怒りをぼくはつさせるのだ。

ぼくたちの結婚生活の悩みは、言い争いに時間をかけなかったことに原因がある。今のぼくたちは、いったい何を言い争っているのかがわかるまで、ゆっくりと時間をかけて議論するのだ。

お互いの相手に対する気持ちはいつも同じではなく、たとえ少しずつでも刻一刻と変化しているものだ、ということがぼくに納得できれば、ぼくはもっと人とうまくやっていける。同様に、ぼくが一人の人をいつも愛していなければならないと信じることは、自分を破壊することになるのだ。

エスターも時にはぼくをいやだと思うかもしれない。でも、まるでそれが間違いであるかのようにとりあげて彼女の気持ちを変えようとするようなまねはせずに、ぼくはあくまでも彼女の感情を尊重したい。

ぼくたちが個人として存在しているのでなければ、その一人一人をつなぐ関係もまたありえないわけだ。

「君がありのままのぼくを受けいれてくれさえすれば、ぼくはそれでいい」。

「そうさ、ぼくが君に受けいれてもらいたいのは、ぼくが君を受けいれていないということ」。

ぼくがその女性とセックスをしたいからといって、彼女がぼくとセックスをしたがっているとは言いきれないが、彼女がそう望んでいるかどうかを見きわめて、まずは大丈夫と思ったら彼女の意向を打診してみるくらいのことはできる——何とかうまい聞き方をして彼女にうんと言わせようなどとしないで。

もしお望みの男性をひとり選ぶことができるなら、彼女は多分ぼくを選んだりはしないだろう。しかし、ぼくにだって、彼女たちが理想の女性とかけはなれていることを知りつつ、多くの女性に強くひかれた覚えがある。問題は、ぼくが、他のあらゆる男性とくらべてどうなのかではない。ぼくが、今、この女性にとって性的に魅力があるかどうかが問題なのだ。「ぼくの性的魅力は満点だろうか、それとも肥り過ぎかな？」というようなことには答えられなくても、「彼女がぼくをどう感じているのだろう?」には答えられるだろう。答えは、ぼくが自分をながめていてもでてこない。彼女を見つめてみなければわからない。

ある女性に対するぼくの性的欲望があまりにも激しく、また切実で、このままでは彼女とふつうに言葉を交わすこともできないと思ったら、彼女のためにも、自分のためにも、打ちあけてしまった方がよいのかもしれない。ぼくも今までは何回かやってみたのだが、そのたびに相手の女性はわかってくれたようだ（もっとも、その女性の夫に迷惑がられたことも一度あるが）。同じような気持ちをぼくに対していだいていると言ってぼくをびっくりさせた女性もいるし、ぼくに対してそういうふうには感じていないと答えた女性もいる。一人の女性は何も言わなかった。しかし最後の例をのぞくすべての場合において、話した後の方がぼくたちはもっとこだわりなくお互いを伝えあうことができたように思う。

リーがビルと連れだって家にはいってきた瞬間、セクシイなリーにぼくは強くひかれるのを感じた。もしぼくが、ビルの存在、ゲイルの存在、ぼくの気持ち、その他を見わたせるように、心を大きく開くなら、ぼくの反応はその場の全体の状況にふさわしいものになるだろう。ぼくの心が近視眼的である時にかぎって、ぼくの行動は極端になったり、かたよったりする。

ぼくは、アリスに対してとった自分の態度がまったく気にいらない。ぼくは彼女をひじょうに魅力的な女性と感じていたのだ。にもかかわらず、ぼくは終始女には興味のないまじめ男のふりをよそおっていた。自分が男であることをいやが上にも感じる時は、ぼくはそれなりに男らしく行動するようにしたいものだ。お行儀のよい、ひよわなぼうやみたいにはふるまいたくない。

君は、ただの友だちでいたいと言う。つまり、ぼくと精神的なつながりはもちたいけれど、肉体的なつながりはもちたくないと言っているのだ。その気持ちはよくわかるよ。ぼくは君に、君が望まないような関係を押しつけようとするつもりはないよ。しかし、同様に、ぼくは君のために性的不能者をよそおうこともできない。もしぼくを君の友だちとして望むのなら、君はぼくのペニスもぼくと一緒に受けいれなければならないだろうね。

「何か食べたい」と「セックスをしたい」との違いはなに？

合意が必要。

ぼくがある女性とセックスをしたがっているとしよう。もし彼女がぼくとセックスをしたがらなくても、ぼく自身で事実を完全に認めることができれば、多分ぼくも彼女をそういう形ではほしがらなくなってしまうだろう。

しかし、それはやはり疑問だが。

「どうしても彼女のことが思いきれない」——そうじゃない。彼女に対して自分が役にたたないことを認めるわけにはいかないのだ。彼女の方から縁切り状を突きつけられるようなことがあってはならないのだ。

「愛されることがぼくの望むすべて」――愛されたい、愛されるようになりたい、というのは、本当は、ぼく自身がこうしたいと望むことではなくて、ぼくが他人にこうしてほしいと望むことなのだ。

「ぼくには、君の心も、君の日も、君の耳も、君の肌ざわりも、君の言葉も、君のすべてが必要なのだ。ぼくの方をむいてぼくの話を聞き、ぼくにふれてぼくに話しかけ、そしてぼくを愛してほしい」。しかし、自分が望むものを相手に与えることにより、自分にはないとばかり思っていたものをぼくがもっていることに気がつくものだ。

数カ月ほど前、「空腹」だと解釈していた腹のなかのある独特な感じが、よく気をつけてみると、「緊張」なのだということを発見した。それでこのごろは、それを感じてもぼくは冷蔵庫の方へ行くより、深呼吸をして大きくのびをするのを好むようになった。バークレーにいた時は、ひじょうに強いうずきを感じて、それが性欲なのだと思っていた。その後に数人の女性と親しい友だちになっても、彼女たちとセックスをすることはなかったのだが、例の感情はうすらいでいったのだ。多分その感情はセックスの相手ではなく、友だちとしての相手がほしいということだったのだろう。

しかし、ぼくが今こうして山のなかにいて、独りでいることが多くなると、その感情はまったく(ほとんど)おきなくなってしまった。同じ理屈で考えてみると、バークレーでぼくが本当に望んでいたのは、孤独だったのかもしれない。だが、ぼくはむしろこう言った方があたっていると思う。感情とは言葉（「緊張」「空腹」「孤独」）ではないのだ、と。感情は感覚であり、どれをとってみても、ふたつの感情がまったく同じものであることなどありえない。

ぼくは、「欲しい」とは感じない。「足りない」と感じる。「欲しい」のだと判断しているだけだ。

「感じる」から「欲しい」への飛躍を、ぼくは以前よりもっと慎重にやるようにしている。この飛躍が、足りないと感じてから、その不足を補う最良の方法を判断するまでの間をさしていることもわかっている。この瞬間に感じていることをよく聞きとることによって、ぼくはそれをどのような言葉であらわしてどのような行動をとるかを適切に判断することができるようになる。時には、その感情が「足りない」ということではないとわかる場合もある。

君がぼくのことをどう思っているのだろうか、とぼくは心配しているかぎり、ぼくは君に対して心を開いていないし、君を受けいれようともしていない。つまり、ぼくは君をひとりの人間として認めていない――ぼくは君を、自分の鏡にしてしまっているのだ。ぼくのことを君がどう考えているのだろうかに関心をもっているぼくには、君のことなど眼中にない。

ぼくは自分の頭で考えるようにしたい。君の頭でぼくのことを考えてもらわなくてもよい。ぼくは君をじかに知りたい、君の話を聞きたい――ぼくの話でなく。ぼくの言いたいことはもうすべて聞いて知っている。この会話で目新しいことといったら、それは君自身なのだ。

何かを見るためには、ぼく自身にも見られる用意がなければならない。

その人が色めがねをはずしてくれさえすれば、ぼくに彼の言うことがもっとよくわかるのだが。

ぼくが君に何かをささげてばかりいるのなら、ぼくがとりたてて君を知る必要はない。たとえ「愛」でさえも、ささげてばかりいるのなら、ぼくは君を無視している。

「他人《ひと》が何と思おうとぼくは気にしないよ」——こいつが言葉のなかでもっともいいかげんな言いまわしだ。他人が何と思おうと気にしていないと思いたくて、または、君にそう思わせたくて、ぼくはついそれを口にしてしまう。

問題は、気にする、気にしない、ではなくて、ぼくがどんなふうに気にしているか、なのだ。朝、ながながと洗面所で身づくろいに時間を費やすことが、人の思うことを本当に気にしていることにはならない——それはむしろ人にあれこれ考えてもらいたくないという気持ちのあらわれである。自分の着る物、髪の長さ、体重その他に気を配るのは、ぼくが他人の意志を自分の思うままに動かそうとしているからだ。

そして、カーテンをいつもきちんと引いておかなければ、ぼくは君に油断しているところを見られた上に、勝手な評価をされてしまうからね！

ぼくは、自分が徹底的な人間嫌いなのだと思ってしまったほど、社交上の集まりに顔をだすのがおっくうだった。それが、つねに身がまえていなければならないことや、心にもないふるまいをすることの難しさ、不快さをがまんできなかったからだとは気がつかなかった。ありのままの自分でいい、そしてこの自分を好きになるか嫌いになるかは他人の自由だ、と割りきって考えるようになってから、社会的なつきあいを毛嫌いする傾向がだいぶ減ってきた。

自分自身を他人との間柄のなかで観察をしてみる時、自分についてもっとも多くのことを学ぶことができる。ぼくが自分で自分自身を検討しようとする場合、結局ぼくは人びととの出会いの結果を検討しているのだ。

知ることができるのは個々のものではなく、それらの間のつながりである。(ぼくもふくめて)すべてのものは単独では存在しない——これは言葉の錯覚にすぎないがね。ぼくそのものが人と人との絆であり、それはつねに新しい変化をみせているのだ。

ぼくが道を歩いていると、バスを待っている男が――いったいいつからそこで待っているのか知らないが――突然、本物の人間よりもっと面白いものを見つけたと言わんばかりに、そっぽをむく。同時にぼくも同じことをしている。

ぼくが知らない人と目をあわせるのを避けるのは、彼に不愉快な思いをさせたくないからだろうか、それとも、彼に見られないようにするために顔をそむけてしまうのか？

いったい、ぼくのなかの何を、彼に見られたくないのか？

ぼくが他人のことを悪く思っていたら、ぼくのなかにある何かがそれを容赦しないだろう。嫌いになることはぼくにとって不愉快だ。だれかが彼の知人を批判しているのを聞けばいやになってくるし、彼と口をあわせてみても落ちつかない。憎むということは、その不快さ自体が罰であるように思う。しかし、ぼくのなかにある何かは新しい感じ方を見つけたことを大いに喜んでいるのだ。ぼくは人間というものについて、自分の信念として本気で次のように考えている——その時の機嫌(それがどんなものであれ、それはそれとして尊重したい)にかかわらず、彼はぼくの友だちになりたいのだ、と。ぼくもまた一人の人間なのだというだけの理由で、彼はぼくに親愛の情をいだきたいと思い、そしてぼくにも彼に対して親愛の情を感じてほしいと思っている。心の底で彼はぼくたちが親しくなることを望んでいるのだ。

これだけは、はっきりしている――すべての出会いはつかの間のもの。だからぼくは、人とのふれあいのひとつひとつをせいぜい大切にしていきたい。ぼくは出会う人たちとなるべく早く親しくなりたい。ぼくたちはどうせ長くは一緒にいられないとわかっているのだから。

本当にぼくは、人びとをいったいどれくらい愛しているのだろうか？仮にぼくが人との交渉を二十年も三十年も断たれていたら——まったく断たれていたら——二階のわめき声、子供たちの泣き叫ぶ声、犬のほえる声、うるさいステレオの音などをむさぼり聞くに違いない。寝床に入ってからもあきらめられなくて、うとうとしながらもそれを味わうことだろう。

ぼくが人びとを、彼らが若いからとか、年をとっているからとか、美しいからとか、カッコいいからというのでなく、単に人びとだからという理由で愛する時、ぼくは本当に彼らを愛している。人間が作ったものを、人間が作ったからというだけで好きになれたらなあ、と思う——道路や電柱や建物や車をも。自然を愛するのはたやすい。どうして？　自然とは愛すべきものだと教えられてきたから。しかし、形、リズム、気品、メロディー、色などは主観的なもの。どうして車の騒音が音楽に聞こえないで、音楽も騒音に聞こえないのだろう？

ぼくはありのままの自分でいる時の自分がいちばん好き。

愛情がそれぞれの部分を全体としてまとめあげるのさ。愛情がぼくを世界に、そして自分自身に結びつけてくれる。思いきって、ぼくの一生の仕事は愛なのだと言ってもよいのかもしれない。愛はそれだけで完全な宇宙。無関心は分裂の宇宙。無関心さはぼくを自分自身から、そして他人から引き裂いてしまう。愛とはすべてをひとつとして、ひとつをすべてとして見ること――「私と父はひとつである」。現実も真実ももとどのつまりはひとつしかないのではないだろうか。愛情は人間のあらゆる心とその本質が一体になるさまをぼくに示してくれるのさ。

どうやったらぼくも愛を手に入れることができるのか？　実は、ここにもあるんだよな。愛を定義するのはもうよそうよ。愛とは人にすてきなことを言ったり、ほほえみかけたり、善い行いをすることではない。愛は愛。愛を得ようと努力しないで、愛情そのものになることだろう。

ぼくが愛しているからぼくは愛しているのだ。ぼくが愛だと思うなら、間違いなくそれは愛である。

貧困、敗北、荒廃などには、それなりの美しさがある。苦難のなかにも、それなりの勇気や崇高さがうかがえる。灰色、嵐、廃墟、老齢は迫力のある題材として絵画に描かれる。ごみの山が感嘆の対象になることもある。

悪、事故、欠陥、卑劣さ、憎悪などがないというのではない。ただもっと広い見方もあるということ。悪は部分的なもの。完全は全体にある。不一致は近よりすぎた見方である。そして、ぼくにだって広い見方を選ぶことができる――いつもそうすべきだと言うのではない――いつでもできることだと言っているのだ。

人間は汚れのないものを考えることができる。それは一点のくもりもない大空へと舞いあがっていく。ぼくがそれを取りだしてしげしげとながめてみることもできる。知識と思想は本にぴったりというわけだ。ぼくの先にたってあの狭い道を案内してくれる。朝になっても、そいつはそこにいる。知識や思想はゆがんでいないのだ――

けれども、ぼくたちのいる世界はまがりくねっている。そして、このどうしようもない人間というやつをぼくは友だちにしてしまった。

さあ、一緒に歩いていこうか、ぬかるみのなかを……

読者へ

ぼくは楽しみながらこの本を書きあげた。しかし、今になってみるとそこにはいくつかの思いどおりにならなかった点がありそうなので、それをここに記して読者の方々にもわかっていただこうと思う。

第一に、この手記は時々えらそうな格言のように聞こえることがあるが、ぼくにはそれが気にいらない。今まで聞いたり読んだりした言葉で、変わらぬ真実を語りかけているものなどひとつも思い浮かばないというのに、どうして自分にそれができるというのだろうか？　思い返されるさまざまな言葉のなかには、当初何もわからずに受けとっていたのに後で驚くほどはっきりした意味をともなって頭に浮かぶものもあるけれど、ぼくにとっていつまでも変わらぬ価値をもちつづけている言葉などひとつとしてない。

第二に、ぼくは今でも、自分が書いたことにあてはまらない例についてあれこれ考えている。それとも、新たにつけ加えたいことを思いつこうとしているのかもしれないが、おそらくその両方だろう。たとえば、昨晩、ぼくはある人にむかって、「個人的になるのはよそうよ」と、自分が書いたことに明らかに矛盾することを言った。ぼく流のやり方ではとても彼には通用しないことが、それとなくぼくにもわかってきたからそんなことを言ったのだ。しかし彼はこの非難めいた言葉を素直に受けとめて、それからは自分でもその点について注意するようにしていた。その結果、その後の議論はあくまでも抽象的になり、えんえんと数時間もつづいた。彼はそれにひじょうに満足し、おかげでぼくたちはずっと親しくなることができたのだ。

三番目に指摘しておきたいのは、ぼくが自分のなかの否定的な感情よりも肯定的な感情にもとづいて行動していることにふれている個所に関するものである。それを書いた時は自分ながらいいことを書いていると思ったのだが、正直言って、ぼくは「選択」、「決意」、「意志」をその名が示すとおりにはっきりと経験しているわけではない。「決意する」はある出発点、独自の思いつきのあることをほのめかしている。ところが、ぼくが内に感じるのはむしろ流れといった方がふさわしい。ぼくの内を絶え間なく流れているものがあるのだ。ぼくはある方向に流れていて、別な方向には流れていない。そしてぼくはその方向に気がついて、自分自身にむかって、「ぼくは決意した」と言う。もし選ぶことが実際に自分のある部分が他の部分よりすぐれているから選ぶのであれば、ぼくの決意は自分自身の分裂をまねき、選ばれなかった部分をうとんじることになる。ところが、ぼくが日頃経験するのは、ぼくを自分の心の奥底にまで導きながら、ぼく自身を統一しようとする自覚の深まりである。ぼくの自覚が深まるにつれてぼくの行為（この本でぼくはそれを「選択」といっている）はますます積極的なものになる。自覚が深まればそれだけどう行動すべきかがはっきりしてくるわけで、ぼくはその両者をひとつのものとして経験しているのである。「選択」という言葉だけでは、ふたつがあたかもまったくはなればなれになっているというような印象を与えるから、「意志」というようなものの重要性を感じさせてしまうのだ。

第四番目の問題は、ぼくの眼前には次つぎと「より精度の高い真実」が現われてきて、ぼくはとてもこの本を書きあげたという感覚にひたってなどいられないという点。たとえば、ぼくは自分の感情を受けいれることや、たとえ否定的な感情をもったとしてもそれについて自分を非難しないことなどについて述べたが、今になってみると、否定的な感情にも肯定的な感情に劣らぬ価値があるのではないかと思うのだ。確かに、ぼくにとって否定的な部類に属する感情の範囲がだんだん狭くなってはっきりしてきたことも事実である。今のぼくは、悲しみ、心配、不安、苦しみのなかに今まで気がつかなかった価値を感じとることができる。この本では退屈することがどういうふうにぼくに創作の気持ちをおこさせたかについて述べている。考えようによっては、この倦怠もひじょうに快い境地であることが最近わかってきた。それから、二、三週間ほど前に、ぼくは仕返しをしてやろうという気持ちを味わったおかげで、自分の思いやりの心にもふれることができた。というのは——ある男から悪意にみちている（とぼくには思えた）批判をさんざん浴びせられたぼくは、知らないうちに復讐の空想をもってしまっている自分に気がついた。ぼくはそれらを受けいれようとしてはみたものの、自分がその空想にのめりこんでしまっていて、そこからは何も新しいものが生まれてこないことを感じた。そしてぼくはふと、ただ自分の空想を受けいれるだけでなく、もう少し何とかしてみようと思ったのだ。ぼくはそれらに身をまかせてみたのだ。ぼくはそれを楽しんでみようと、前よりもっと手のこんだ、とんでもない空想をほしいままにした。すると、思いがけないことがおこったのだ。ある空想に極端に野蛮な結末を考えだしたところ、ぼくは突然その人をまったく別な見地から見ることができるのである——彼の立場にたって考えることができたのだ——そしてそれまでにない親しみを彼に感じて、彼の気持ちが理解できるような気がしたのだ。

とうとうぼくには、愛がこの世でもっとも、、、すばらしいものかどうかがわからなくなってきた。それが自分にとって、またぼくがそう告白する相手にとって、たとえば怒りなどよりも果していいものなのかどうかがわからないのだ。他人の怒りはぼくにとって実にためになるものであった。それらの機会が愛にとってかわってほしいとは思わない。あれこれより好みするよりも、自分の内におこりつつあるものに誠実に従うことの方が、自分にとってはずっとためになる態度であるように思える。この世に善良などというものがあるとすれば、ぼくはそれをまず自分のなかに見いだすべきではないだろうか。そして、考えれば考えるほど、ぼくは、自分が感じていることが何であれ、それがぼく自身にとってはもっともふさわしいものだということがわかってきつつある。

　そこで、もし本当に――それが本当かどうかはぼくにもまだよくわからないのだが――どんな感情でも、自分の感情をすべて受けいれるだけではなく、それらの価値を、いや必要性さえも、認めるようにするというのなら、ぼくはこの本の大半を書き直さなければならないことになるだろう。だがもしそうなれば、当然のことながら、ぼくは今の立場にはたたされていないわけで、立場が変わればぼくが必要とする考えも変わってくるはずである。この問題の解決方法は、ある考えを利用できる間は利用して、利用価値がなくなったと思ったらいさぎよく手放さなければならないということに違いない。思想や書物、時には偉大な宗教家たちは、より広い視野をぼくに与えてくれる。しかし一方では、ぼくは例によっておちつかない気分を感じはじめて、そろそろそこを去る時がやってきたことを知る。いつかまた帰る日があるのかもしれないし、ないのかもしれない。

第五番目に述べておきたい点は、この本にはぼくの現在の諸問題についての洞察が主に書かれているということである。ぼくは、学びつつ、こうならんとし、こう決めようとしつつある状態で書いており、すでにわかっているし結論にも達しているという状態で書いているのではない。ぼくが人との交わりについて書くのは、ぼくが人と話すのを難しいと感じているから。ぼくが自分の性欲について書くのは、ぼくがそれに何とかして対処することを学びつつあるから。だから必然的にぼくがここに記したことには矛盾やあやふやな点がある――あくまでも真実をつかもうとしているのであって、真実を書いたのではない。時々ぼくは、まるで子供が「この石頭にそれをたたきこんでおこう」として自分の頭をたたくみたいに、むやみと大げさな言葉を使っては新しい発見を自分自身に印象づけようとする。時に一般論として話を進めることも同じような目的のもとにやる。また、時には自分にとっての真実をより広い範囲に適用しようとして、時にはあなた方を納得させようとして――ぼくにとっての真実はあなた方にとっての真実でもあると思わせようと一般論をふりまわして、自分がえらくなったようなつもりにもなる。書くということは、ぼくにとって議論をするのと同じような効果がある――それらの考えがあらゆる面からの検討にたえ得るかどうかをためす手段として書くわけである。しかし時にはそれだけにとどまらず、助けを求める叫び声になることもあるのだ。

　こうして書いていて、最後に述べる点がぼくにはもっとも重要であるような気がする。ぼくは「真実である」ことが時には新しい一種の信仰、新しい型の自己弁明、新しい完全主義、または、ひねくれ者の新型の気取りにさえなり得るのを見てきた。ぼくがつい最近それを身をもって感じたのは、だれかが、彼にとっての真実は普遍的なものだと主張したのに対し、真実とはあくまでも個人的なものにきまっていると反論している自分に気づいてはっとした時である。ぼくはつまり彼の鼻先でこう叫んでいたのだ――「ぼくが君に言ってはいけないことは、君もぼくに言ってはいけないんだ」――または、「受けいれるということを信じていない君を、ぼくは受けいれるわけにはいかない」とね。また、自分の行動や言葉にあれこれ気を使っている自分自身に気づくたびに、つまり、ぼく自身が「真実」らしく見えるように細心の注意を払うたびに、ぼくが真実という考えを誤解しているのがわかる。そうしている時のぼくは、新しい役を演じているのにすぎないのだ——「真実の人」の役を。真実でありたい時には打算など思いもよらないはずだ。外見への心くばりなども思いもよらないはずだ。真実であることは何かになろうとする努力というよりはむしろ、なるがままにさせる過程であるといえる。ぼくはなにも、自分になろうとすることはないのだ——とは言っても時にはそうしなければと感じてしまうが——ぼくはすでにぼくなのだ。そして、ぼくにとってはこれほどわかりやすいようでわかりにくいことはない。

ヒュー・プレイサー

一九七〇年七月

ニューメキシコ州　チャマにて

訳者あとがき

　これは、一九七六年にBantam Booksから出版された'Notes to Myself — My struggle to become a person'の日本語訳である。著者Hugh Pratherがこれを書いたのが一九七〇年で、そのとき彼は三十二歳、まったくの「無名」で、これといった「肩書き」もなかった。初版はアメリカ南西部のユタ州にある小さな出版社Real People Pressから大した広告もせずに発表され、数年の間に百万部を売りつくしている。内容は、小説でも詩集でもない。個人の日記の抜粋である。原文にはページ数の印刷がなく、どこから読んでもかまわないようになっており、もちろん目次もない。数年前まで学校のカウンセラーをやっていたというこの書き手は哲学者でも文学者でもなく、「みんなと同じ平凡な人間」である。

　彼はいっさいの虚偽を許容できないらしい。彼は内的な現実をできる限り受けいれて、自らの内部にある真実を読者に伝えようとする。日本語を利用するなら、タテマエを拒否して、ホンネをできる限り表現することで、「ぼく」を確立する方法をさがし求めている。ゆえに、創作性のないこの本を文学性や思想性によって価値づけを行う必要はないし、実際にそんなことは不可能だろう。発想や行動の基盤をつねに「ぼく」に置いて、その「ぼく」の一部や全部が「ぼく」から遊離していくこと、さらに異物が「ぼく」のなかに入りこんで「ぼく」をしばりつけること、を罪悪視するのなら、実に日記という表現形式がもっともふさわしいものだったのである。私たちはホンネを言うことを自らを被害者化することと同じであると考え、「めめしい」と言ってそんな「ぼく」を切りすてようとする。しかし、著者のホンネは、決して弱音を吐くことではなく、自らの弱音をも自らのものとして語って相手と交流しようとする態度は一種の強さでもある。

このような人間像の登場が、この本の初版が発表された一九七〇年のアメリカの社会的文化的状況と深いつながりをもつことは言うまでもない。また、ベトナム戦争、核、高度産業社会の挫折などの問題は「言わずもがな」の事実である。それにしても、そう、それにしてもこの著者は内的世界しか描写していないのではないか、という批判が生まれるはずである。だが、これが一種のナルチシズムの産物であるとしても、このナルチシズムを生きようとする権威が自己の内部にのみもとめられている限り、今だけでもそれは信用できる世界なのではなかろうか？　訳者は、この著者の書き手としての誠意と勇気を、過大評価でも過小評価でもなく、私たちが忘れかけているもうひとつの言葉としてそれにふさわしい程度にまで評価したい。なぜなら、物書きが虚構でしかホンネを言わないときの美意識とは、恥しさと臆病にうらうちされた美意識である場合が多いからで、そんなものに私はもうウンザリしているのである。

この「あとがき」で、とくに『緑色革命』の著者であるチャールズ・ライクの論じた七〇年代に向けての人間像、さらに通俗的心理学書を含めた内的言語だけを使用する出版物の氾濫、そして「洞察の罠」とまで言われる心理学的世界に没入する読者たちの増加を有機的に関連づけて詳しく論じてみてもよかったが、この種のパーソナリティが際立つ傾向を危険視することが、今すぐ必要であるとは思われない。何よりも今すぐ必要なのは、宗教以外の方法で、人生が生きるに価するものであることを訴える可能性なのではなかろうか。とはいえ、どのように「毒にも薬にもならない」書物であっても、薬になるとすれば、毒にもなるので、関心のある読者のために、『エロスの社会学』（R・キング、新泉社）やE. Schurの 'The Awareness Trap' などの書名をあげておきたい。そこでは、本書においてもキイ・ワードとなっているawareness（文中ではたいてい、気づくこと、と訳した）の運動が、実に「はしゃぎすぎ」や「風俗としての思想」の中核になることの有効性が問われている。また、プレイサーがこの本を書いたときに大きな影響を与えたのが、アメリカの臨床心理学者カール・ロジャーズであり、ロジャーズの著作は「全集」となって日本語で手にはいるものになっているので、この本を読まれたあとにそのうちのどれかに手をのばしてみることも面白いかもしれない。そして、その次はユング、フロイトとなるのだろう。

だが、精神療法家にでもなるのならそれでもよいだろうが、一般の読者なら、心理学的世界にはいりこむ前に考えねばならないことや、やらねばならないことが、いろいろとあるだろう。私としては、心理学的なことより、ひとりのアメリカ男性が、これを私が訳した年齢である三十二歳という時を、一九七〇年という時代に、どんなことを考えながらすごしたのかに興味をもっていた。私よりも楽観的すぎるところもあるが、貴重なホンネのレベルでは、やはり似たようなことを考えていたので、ほっとしたりもした。そして同時に、両親のことや幼年時代のことを決して語ろうとしない、著者の現在への徹底的な視線に感銘をうけた。ニューヨーク・タイムズによれば、彼の両親に相当する人物は七人もいて、そのなかに薬物中毒、アルコール中毒、精神病患者、殺人犯が含まれている。二十歳で大学中退、そして結婚、二十三歳で離婚、……彼の私生活についてはこれ以上書きたくない。注目したいのは、人生の具体的体験における特異性が、ただ違いをならべたてるだけでは「勲章」のようになってしまうことを嫌う彼の書き手としての性格である。まったく、うらやましくなるくらいに無理のない誠実さである。ひょっとしたら、彼は彼自身の身の上話をならべるだけで一冊の本になったかもしれないが、それとこれとはまったく違う本であり、私もそれを読んでほっとしたりはしないだろう。そこで彼は問いかけるだろう、「現実とはどこにあるのだろうか」と。

この本の翻訳にあたって、英文から日本文になおす作業をまず柳田ゑみさんが行われ、彼女と私との間を人文書院の森和さんがとりもたれた。訳者は、再び原文にもどって著者の気持ちと読者、そして原稿用紙となった日本文と私の視線、それぞれの間をとりもってtranslationという作業に参加した。とくに、柳田さんの滞米生活をふまえた英文理解に教えられたところは多い。

巻頭の言葉にみられる、「この腕に抱きしめたい」といわれる「彼女」とは著者の妻であり、この本が世に出るまでの数年間まったく無収入であった彼を物心両面からささえたのがこの「彼女」である。一冊の本が一人の著者や訳者の手で読者の手に渡るものではないことを強調して、著者とともに右の人たちに感謝の意を表したい。

一九八〇年の少し手前で、夏

北山　修

訳者新装版あとがき

心には、心奥、心の中、心の隅と言うのだから、内面があり、それは内なる世界と言ってもいい。そこには、外の現実と同じくらいに、広い広い領土があって、内なる宇宙と呼んでもいいぐらいだ。たとえ外の世界には雪が降っていても、マッチ売りの少女がお婆ちゃんや美味しい料理を見たところがそれだ。

自身のこの内面に、今から半世紀ほど前、つまり一九六〇年代から七〇年代にかけて、団塊の世代の多くの若者たちが関心を持った。それは、例えば学生運動や「若者の革命」が挫折したからだが、そんな大袈裟なきっかけがなくとも私たちは旅に出た。そもそも青年期とは旅立ちの時で、人はこれを自分探しの旅と呼んだ。そして青年たちは、君の道は限りなく遠いけれど、どこか遠い世界に憧れ、根無草のように荒野を彷徨った。目的地に着いても、希望はちょっと前に出発していたし、駅に残るなごり雪が目に焼きつき、恋人を置いて出発したら振り返っても振り返ってもその背中では風が吹いていた。ある者はギターを持って夜汽車に乗りこみ、またある者は泣く泣く故郷を捨てて、世界中で心の旅が始まった。フーテンの寅さんだって、あの旅を始めたのは一九七〇年の直前だった。

あれから五十年も経ち、あの旅人たちはどこにたどり着いたのだろうか、と考えていたら、創元社の編集者、坂上祐介さんから本書の復刊を思いがけず提案された。私個人の旅はまだ続いていて、すぐそこの到着地が見える気配はないのだが、ここで言えるのは、あれは現実の旅ではなく、旅の比喩で言っていたのは人生のことなのであり、多くが心の旅だった。それは、外と内、現実と感情、言葉と気持ち、頭と体の間の、そして何よりも過去から未来、生から死への旅であり、その出発地点から到着地点までの間に「わたし」がいるのだ。

感染症のおかげで現実の旅が難しくなった今、心の旅だけはどこに行かなくとも可能だ。本書はその心の旅日記の古典である。それは実は冒険旅行でも、ファンタジーランドに出かけることでもない。それは例えば、「僕」が感じる情緒という糸と、それについて考えるための言葉の糸とを織り込み、二つが出会ったり交流したり別れたりするところを「僕」が生きて報告することで、間柄や人柄、そして人生物語が紡ぎ出されるという旅なのだ。この著者はカウンセラーらしく、情緒と言葉と、それを織り込む「僕」の三点が協力して引き起こす気づきの旅の記録を自ら記してくれている。

これを、私もそれなりに一生続けてきたのだが、いま振り返って思うのは、人生の旅物語そのものが「私」を束ねて、味わい深いものにしてくれた。この「私」や「僕」を自我やエゴと呼ぶなら急に生きづらく感じるかもしれないし、その収まりの悪さを意味させたい時にこそ濁音に満ちたエゴが相応しくなる。だから今回はこの「僕」をすべて「私」にしてみたらどうだろうかと思ったが、中田いくみさんが新たに描いてくださった瑞々しい表紙の両性具有性が、そこを不要にしてくれたと思う。

こうして、本書の中でいう「僕自身」こそが、心の主人公であることを改めて気づかせてくれた。そして、著者の立場は認知行動療法だと言う人もいたが、外が内面の反映であるという理解など極めて精神分析的であると私は考えている。そして言葉巧みと言うより、その言葉が意味としての「心」と出会うところを上手に編み出しているところは才能だ。本来は、相応しい言葉がなかなか見つからないし、幅広い読者を相手にするなら実に難しいはずだ。背後に相当な艱難辛苦のあることが垣間見え、この才能はそれに要請されて育まれたのだろう。これらを著者に聞いてみたかったが、残念ながら十年ほど前に心臓発作で亡くなっている。

最後に、提案したいことが一つある。本書を読まれて、内面と外部の間で人生物語の紡ぎ出しのコツがわかる人はいいのだが、もしも言葉が情緒や考えとうまく噛み合わないので人生物語が紡ぎ出せない時は、その見つからないという困難や虚しさに遭うことをも共にする誰かを見つけて欲しい。サイコセラピストや精神分析家はそのためのプロである。本書に示されるように、本の出会いだけでは人生物語は成し遂げられないのであり、「あなた」との「私」や「僕」の個別の出会いは不可欠なのだから。

二〇二〇年十一月一〇日

きたやまおさむ

訳者略歴：きたやまおさむ

1946年淡路島生まれ。精神科医、臨床心理士、作詞家。65年、京都府立医科大学在学中にザ・フォーク・クルセダーズ結成に参加し、67年「帰って来たヨッパライ」でデビュー。68年解散後は作詞家として活動。71年「戦争を知らない子供たち」で日本レコード大賞作詩賞を受賞。その後、九州大学教授、白鷗大学副学長などを経て、九州大学名誉教授、白鷗大学名誉教授。現在は精神分析を主な仕事とする。一般向けの著書には自伝的エッセィ『コブのない駱駝—きたやまおさむ「心」の軌跡』（岩波書店2016）、前田重治との共著『良い加減に生きる—歌いながら考える深層心理』（講談社2019）などがある。

ぼく自《じ》身《しん》のノオト

2021年1月20日 第1版第1刷発行

著　者　ヒュー・プレイサー
訳　者　きたやまおさむ
発行者　矢部敬一
発行所　株式会社 創元社　https://www.sogensha.co.jp/
〈本　　社〉〒541-0047 大阪市中央区淡路町4-3-6
Tel.06-6231-9010　Fax.06-6233-3111
〈東京支店〉〒101-0051 東京都千代田区神田神保町1-2 田辺ビル
Tel.03-6811-0662
印刷所　モリモト印刷 株式会社

 ISBN978-4-422-93089-3 C0011

本書の感想をお寄せください。投稿フォームはこちらから